Doce tensão

LESLIE KELLY

Doce *tensão*

LESLIE KELLY

TRADUÇÃO DE FERNANDA LIZARDO

Harper Collins

Rio de Janeiro, 2017

HarperCollins PUBLISHERS Since 1817

Título original: Heated Rush

Originalmente publicado em 2008 por Harlequin Blaze

Lançado no Brasil em 2014 com o título Tensão.

Contatos:
Rua da Quitanda, 86, sala 218 – Centro – 20091-005
Rio de Janeiro – RJ – Brasil
Tel.: (21) 3175-1030

CIP-BRASIL. CATALOGAÇÃO NA PUBLICAÇÃO
SINDICATO NACIONAL DOS EDITORES DE LIVROS, RJ

K39d

Kelly, Leslie
Doce tensão / Leslie Kelly ; tradução Fernanda Lizardo. - 1. ed. - Rio de Janeiro : HarperCollins Brasil, 2017.
224 p. : il. ; 23 cm.

Tradução de: Heated rush
ISBN: 978-85-398-2312-3

1. Romance americano. I. Lizardo, Fernanda. II. Título.

CDD: 813
CDU: 821.111(73)-3

Capítulo 1

Annie Davis não iria à festa de comemoração dos 35 anos de casamento dos pais sem um acompanhante. De jeito nenhum. Preferia perder um dente da frente.

Sua decisão já havia sido tomada, então pegou o talão de cheques para avaliar até onde poderia ir, o quanto teria condições de gastar, para evitar um destino pior do que acabar tendo de fazer um implante dentário.

— Dois mil e quinhentos dólares... isso é tudo o que posso gastar — murmurou para a amiga Tara, sentada a seu lado a uma mesa nos fundos do salão do luxuoso hotel.

Dois mil e quinhentos era o máximo a que poderia chegar e ainda conseguir pagar as contas e comer no mês seguinte.

Tara, que vez ou outra a ajudava na Baby Daze, a creche bem-sucedida de Annie, só compareceu àquele leilão beneficente de solteiros para oferecer apoio moral. Seu saldo bancário de aspirante a atriz não poderia arcar com o preço de um glamoroso hotel em Chicago.

Já Annie vinha usando suas economias estritamente para emergências. Assim, o que a tinha levado até ali naquela noite havia sido o puro desespero, causado pela ideia de um fim de semana em família, desacompanhada, sendo alvo de piedade e de risadinhas de todas as mulheres, suportando a provocação dos homens, principalmente de seus irmãos, e vendo todos em sua pequena cidade natal tentando lhe arranjar um marido.

Isso sem mencionar o fato de ter que responder às inevitáveis perguntas sobre os motivos de estar sozinha quando todos os familiares sabiam que ela estava namorando um rapaz gentil e bonito nas últimas semanas.

Olhar para os pais e ter de admitir que aquele moço gentil e bonito com quem estava saindo era um babaca casado? Nem sob tortura! Limpar sua conta bancária parecia um preço baixo a pagar para evitar tamanha agonia. Talvez até gastar suas economias, também.

Não. Sem chance. Não, a menos que Johnny Depp ou Josh Duhamel aparecessem naquele palco, oferecendo um fim de semana de pura exploração carnal em troca de um lance elevado.

— Ninguém foi arrematado por menos de três mil pratas até agora, Annie — lembrou Tara. A morena baixinha, sempre esfuziante e atrevida, soava atipicamente pessimista. — Nem mesmo o louro fracote que fingiu fazer um strip-tease.

Annie encolheu-se ao se lembrar do homem de vinte e poucos anos realizando uma dancinha desajeitada que fez as mulheres da fileira da frente fingirem desmaio. Céus...

— Talvez eu devesse procurar nos bancos do parque. Com certeza há um monte de caras que fariam isso por muito menos de 2.500 dólares.

— Você está desesperada, Annie, mas não é suicida.

— E isso por acaso é mais arriscado do que o que estou fazendo agora? Esses homens aí também são todos desconhecidos.

A única diferença era que eles desfilavam e eram comercializados diante de uma multidão de mulheres ricas e um tanto bêbadas em um salão de hotel. Sim, ofereciam encontros legítimos, jantares românticos, caminhadas na praia, passeios e piqueniques vespertinos para o maior lance. Porém, aqueles homens ainda eram completos desconhecidos para ela.

Além disso, Annie nem mesmo tinha certeza de que seria capaz de convencer o solteirão que viesse a arrematar a acompanhá-la à visita a sua família, em vez de fazer o que ele estivesse oferecendo.

Sendo assim, por que mesmo estava fazendo aquilo? Tara pareceu ler sua mente.

— Momentos de desespero pedem...

— Um serviço de acompanhantes?

Tara bufou.

— Claro, apareça na casa de seus pais com um garoto de programa. Isso vai dar muito certo.

— Ele não seria necessariamente um pervertido. Poderia ser um sujeito legal, normal, bonito.

— Pare de achar que está no filme *Muito bem acompanhada.* — Tara bateu no braço de Annie com o panfleto do leilão enrolado. — Profissionais desse tipo não existem.

—Mas eu preciso de um plano B.

Annie sabia que o tempo estava se esgotando. Talvez um jovem com aparência decente que estivesse saindo da fila do seguro-desemprego. Contanto que ele tivesse todos os dentes e quatro membros, como sua família descobriria que ele não era o seu namorado?

Ou até mesmo três membros... ele poderia ser um nobre sobrevivente de um acidente.

Nobre era bom. Muito bom. Foi por isso que Annie deu uma olhada nas ofertas da noite em busca de homens no estilo de bombeiros, paramédicos ou policiais. Seu pai ficaria totalmente encantado.

A família de Annie não sabia a profissão de seu ex-namorado, Blake. Aliás, não sabia quase nada sobre o relacionamento dos dois. Apenas que Annie estava nas nuvens por causa de um sujeito alto, moreno e lindo. Eles não sabiam especificamente como Blake era. Então, Annie poderia apresentar praticamente qualquer um e dizer que ele era o namorado maravilhoso que havia mencionado à família.

Bem, qualquer um, exceto o sujeito maravilhoso verdadeiro, que se provou ser nada além de um belo mentiroso.

— Pare de pensar em Blake, o Babaca.

— Você é telepata?

— Não, você que é muito previsível, minha querida lourinha, sorridente e boazinha. Sempre que pensa nele, sua testa enruga, você franze os lábios e parece querer bater em alguém. — Dando de ombros e bebericando sua cerveja, Tara acrescentou: — É claro, você também fica desse jeito quando briga com uma das mamães-águia, mas nenhuma delas está aqui.

Mamães-águia. Era assim que Annie e Tara se referiam a algumas das clientes mais irascíveis da creche de Annie. Não eram muitas, mas algumas mães ambiciosas, arrogantes e ultraorganizadas das crianças da Baby Daze pareciam encarar as cuidadoras como babás de cachorro superfaturadas. Como se cuidar de um bebê exigisse apenas saber trocar fraldas.

— Você não estava apaixonada por ele; chegou a admitir isso. E nem mesmo dormiu com ele, Annie.

— Graças a Deus!

Algo a deteve, algum tipo de intuição. Annie tinha agradecido por aquela intuição ao descobrir que o seu sr. Maravilhoso divorciado era, apesar de suas alegações contrárias, o sr. Porco Traidor casado.

— Nesse caso, esqueça-o.

— Já esqueci, Tara. Quase. Só preciso superar esse fim de semana, e aí poderei fingir que jamais conheci aquele sujeitinho.

— Explique-me mais uma vez por que você não pode simplesmente contar à sua família o que aconteceu. Afinal, não foi sua culpa.

— Você conheceu meus parentes quando eles vieram me visitar na última primavera. Precisa mesmo fazer essa pergunta?

Tara comprimiu os lábios e balançou a cabeça lentamente. Havia presenciado em primeira mão a vida de Annie como a única filha em uma família superprotetora do interior que desejava que ela retornasse para casa, se casasse e começasse a produzir bebês... imediatamente, se não ontem.

Se descobrissem que sua "garotinha" tinha se relacionado com um homem casado, iriam perturbar Annie sem descanso para que ela desistisse do sonho de fazer sucesso na cidade grande e voltasse para casa, onde poderia conhecer um rapaz local decente e sossegar.

— Esqueça o que perguntei.

— Vou arranjar alguém para bancar o namorado, fazer com que todos vejam que estou feliz e... bem, encenar um rompimento pouco a pouco, ao longo de telefonemas semanais.

Satisfeita com pelo menos aquela parte do plano, Annie pegou sua bebida, ainda meditando sobre a possibilidade de um plano B. O homem com o qual ela iria aparecer na festa não precisava ser de fato bonito só porque dissera à família que ele era. Alguém muito mais comum e de aparência normal do que aqueles solteiros sensuais leiloados para proporcionar um Natal feliz a uma criança serviria.

A beleza, conforme Annie já sabia, estava nos olhos de quem a via, e sua família compreendia isso. No ano anterior, por exemplo, seu irmão Jed havia convencido a todos de que tinha conhecido a futura Miss América. A noiva dele, no entanto, uma garota adorável de quem a família gostava muito, estava a anos-luz de distância desse ideal de beleza.

Nesse caso, talvez fossem achar que Annie simplesmente exagerara a respeito da beleza de seu par. Ou que estivesse muito apaixonada, assim como seu irmão. Annie não precisava levar para casa um homem parecido com... com...

Ai, meu Deus. Com ele.

Mais uma vez, tal como fizera durante a noite inteira, Annie passeou o olhar pelo panfleto do leilão em cima da mesa.

Cerca de dois minutos se passaram desde que seu olhar cobiçoso se dirigiu ao perfil do Solteiro Número 20, descrito como um técnico em resgates bem-humorado. Um herói completo. Absolutamente perfeito.

Além disso, ele era um belo pedaço de mau caminho.

Assim que Annie encarou aqueles olhos azul-escuros, seu coração começou a pular num jogo de amarelinha muito veloz dentro do peito. Assim como aconteceu quando ela o viu, aquele completo desconhecido, cujo nome não sabia, mas cujo rosto e corpo eram tão familiares quanto seu último sonho erótico.

As maçãs do rosto eram altas e proeminentes, o nariz, forte, o queixo, esculpido em granito. No lóbulo da orelha era possível ver um pequenino brinco de ouro. Os lábios estavam ligeiramente franzidos em um sorriso sexy e atraente que nenhum homem real poderia esboçar e ainda assim parecer tão másculo. A maciez do cabelo espesso e tão escuro quanto a noite, longo, sedoso e preso em um sensual rabo de cavalo, e o brilho violeta naqueles olhos azuis insondáveis simplesmente tinham de ser produto de um software de edição de fotos mais avançado.

Quem se importa? Você não vai conseguir arrematá-lo. Sem chance. Não depois da quantia pela qual o último solteiro foi arrematado.

Annie não queria ver quem o ganharia. Nem queria ver o solteiro pessoalmente, porque, afinal, a foto deveria estar muito retocada.

Nenhum homem poderia ser tão bonito assim.

Antes que pudesse se mexer, no entanto, Tara apontou para o palco, de onde o locutor entretinha o público, esticando o evento até o momento final da noite. O grande final. O Solteiro Número 20.

— Este leilão foi sua melhor cartada, Annie, e o próximo cara é sua última chance. Então não a estrague.

— Deveríamos ir embora, isso sim. — Annie colocou as mãos espalmadas sobre o tampo da mesa para afastar a cadeira. — Isto não vai dar certo.

— Qual é! Para que serve o dinheiro se não para gastar? Ambas sabemos que esse último rapaz é o mesmo no qual você ficou de olho durante a noite inteira.

Annie teria mesmo sido tão óbvia? Talvez apenas para Tara, a primeira amiga que fez quando se mudou para Chicago, cinco anos antes. Lembrou-se de seus familiares, que sempre a aconselharam a jamais jogar pôquer porque isso expunha as emoções do mesmo jeito que as mulheres ricas ostentavam suas joias: descaradamente.

— Notou o quanto o salão esvaziou? — Tara inclinou-se para mais perto, tentando convencê-la tanto com seu tom tranquilo quanto com suas palavras. — Metade das mulheres se levantou e foi embora depois daquele último cara sair do palco, o tal executivo internacional.

Annie tinha notado, embora não compreendesse.

— Ainda não consigo entender muito bem, no entanto — murmurou ela.

Dez minutos antes, quando o Solteiro Número 19 alcançou um lance inacreditável — 25 mil dólares —, a multidão tinha começado a se dispersar rápido. Foi como se algumas daquelas milionárias tivessem comparecido ao evento só por causa daquele sujeito em especial. Grupos inteiros se foram, esvaziando muito o salão, deixando vaga uma dúzia de mesas na primeira fileira.

O solteiro de olhos castanhos era de fato bonito. Mas, na opinião de Annie, não era páreo para o último da noite.

— Aposto que o valor alto assustou todo mundo, porque isso significa que o próximo vai sair por cinquenta mil.

— Acho que não. — Tara aproximou-se. — As veteranas ricaças já foram embora. Veja quem sobrou... Só as mocinhas bagunceiras da classe operária como nós.

Annie deu uma olhada ao redor, observando o riso fácil e a atmosfera descontraída no salão. E começou a se perguntar se Tara estaria certa. Aquelas mulheres estavam mais para garotas que frequentavam o happy hour em busca de dose dupla, em vez dos tipos amantes de champanhe francês que se envolveram no frenesi da licitação pelo Solteiro Número 19.

Tara bateu a pontinha da unha pintada de vermelho no rosto do solteiro sensual, na foto.

— Você pode levar este, Annie. E você merece.

Talvez...

— Olhe só para esta foto. — Tara suspirou. — Por falar em deixar a melhor parte para o final... Mande ver ou nunca mais falo com você!

Algumas vezes aquilo provavelmente seria uma bênção, mas Annie estava concentrada demais naquele momento para pensar no assunto.

Quando o leiloeiro começou a ler a biografia do último solteiro, as mulheres remanescentes se calaram. A pulsação de Annie, que começara a acelerar ao longo da noite enquanto ela fingia interesse nos outros homens, até mesmo oferecendo lances pouco entusiasmados por alguns deles, ganhou embalo. O sangue começou a galopar nas veias, a respiração ofegante a deixava um pouco tonta.

— Você pode ir além de 2.500. Sabe que dá para apertar o cinto um pouco mais — sussurrou Tara.

— Você é bem rapidinha para esvaziar minha conta bancária.

Quanto eu tenho na poupança mesmo?

— Ataque o vidro de moedas na sala de recreação. As crianças não vão perder mais nenhuma letra do quebra-cabeça de alfabeto. Elas odeiam aqueles brinquedos educacionais idiotas, mesmo.

— Shhh!

Desejando que o locutor se apressasse, Annie notou um movimento atrás da cortina preta. Ela meio que desejava fugir para evitar decepções, mas também queria dar uma olhadinha em primeira mão naquele homem em carne e osso. Só para descobrir se ele era mesmo de verdade.

— Eu divido meu lanche com você por um mês se você estiver quase morrendo de fome.

Sorrindo com malícia, Tara acrescentou:

— Mas, você vai estar tão satisfeita com sua compra que não vai sentir fome alguma.

Annie balançou a cabeça, negando a possibilidade tanto pra ela, quanto para Tara.

— Esse é um acordo profissional. Um fim de semana para tirar minha família do meu pé, sem que nunca descubram sobre...

— Blake, o Babaca.

Exatamente.

— Não há nada de pessoal nisso, Tara. Aprendi minha lição sobre sair com homens bonitos e bons de papo. Você está olhando para uma mulher que tem total controle sobre a própria libido.

Ela falava sério. Cada palavra. Estava confiante, forte, segura, e certa de que seria capaz de lidar com qualquer coisa.

Mas daí a cortina se abriu e um deus de cabelos negros apareceu.

Mesmo daquela distância, Annie via o brilho de algo malicioso e sugestivo na expressão dele. A foto não transmitira a largura dos ombros, a compleição esbelta. Ele usava um smoking preto que parecia ter sido costurado no corpo, de tão perfeito.

Annie disse a si mesma que se acalmasse. Ser racional. Prosseguir com cautela. *Uma oferta inicial baixa, não abra a mão.*

Então, ele lançou à plateia um sorriso sexy, confiante, que fez aqueles olhos azuis brilharem sob os holofotes. As curvas sensuais de seus lábios eminentemente beijáveis prometia sussurros roucos e sedução total a todas as mulheres no salão. Principalmente a Annie.

E, de repente, a libido tomou o controle do corpo inteiro, e ela se pôs de pé, a voz exuberante de uma estranha emergindo de suas cordas vocais:

— Cinco mil dólares!

Um lance. Ele foi "adquirido" após apenas um único lance que saiu da boca de uma loura no fundo do salão.

Sean Murphy não foi o homem mais caro da noite... o camarada antes dele, um paramédico chamado Jake, tinha levado o crédito por essa distinção. Porém, ele tinha certeza de que ninguém havia levado um lance de cinco mil antes mesmo de o leiloeiro abrir as ofertas.

Esse foi o único consolo de uma noite ridícula. Isso e o fato de ele, pelo menos, não ter sido "vendido" por menos do que alguns dos bobalhões ofertados mais cedo.

— Obrigada mais uma vez, sr. Murphy, por concordar em nos ajudar hoje. Arrecadamos uma enorme quantia. Há muitas crianças nos abrigos de Chicago que terão um Natal muito melhor neste ano.

Sean assentiu para a mulher que coordenava o evento beneficente. Ela parecia exausta, mas era bonita, tinha cabelos pretos e chamava-se Noelle não sei do quê. Estava tentando manter as coisas num ritmo profissional, cortês e educado, evitando principalmente a confusão que ele havia previsto, considerando as atividades agendadas para a noite.

— Eu que agradeço.

Vendido diante de uma plateia de mulheres. A percepção de que havia ido até o fim com aquilo, com seu nome e sua fotografia circulando por causa do evento, foi o suficiente para fazê-lo suspirar, já sabendo da reação provável do pai.

O velho sempre lia os maiores jornais e sites, vigiando o mercado financeiro de sua terra natal, a Irlanda. Então, se aquilo aparecesse nas colunas sociais, Sean ganharia mais uma rodada de torpedos e e-mails com: "Você é uma desgraça, volte para casa, peça desculpas, seja perdoado e faça exatamente o que quero que você faça."

— A quem devo agradecer por tê-lo convencido a participar? — perguntou Noelle.

Hum. Sean se perguntava o que a mulher diria se soubesse que tinha sido convidado a participar por uma das esposas entediadas e ricas de Chicago, a quem visitava vez ou outra quando estava nos Estados Unidos. Agora era só uma amiga, mas ela tinha sido sua primeira "cliente" quando Sean a conheceu, seis anos antes, em Cingapura.

O marido dela o havia contratado para acompanhá-la, mantê-la em segurança e... ocupada.

Ele não tinha entendido essa parte muito bem até a mulher seduzi-lo.

No fim, todos ficaram felizes com o acordo. O empresário tirou a esposa de seu pé, de modo que pudesse tocar os negócios. A mulher ganhou os serviços sexuais de um rapaz de 22 anos um tanto inexperiente, porém muito interessado em aprender, que terminou perdidamente apaixonado por ela. Sean ganhou uma experiência inestimável, sexual e emocionalmente, considerando o jeito delicado como foi abandonado no fim.

E saiu da situação com muito dinheiro. Muito mesmo.

— Sr. Murphy? — A organizadora do leilão ainda aguardava pela resposta dele.

Será que ela, tal como muitas mulheres, compreenderia imediatamente... ou pensaria ter compreendido? Será que ela zombaria dele? Proporia casamento? Apalparia seu corpo? Ou lhe daria um gelo? Ele já havia lidado com todas essas situações.

Durante os anos que tinha passado viajando por quase todo o mundo conhecendo pessoas — conhecendo mulheres —, Sean encontrou todo tipo de reação ao seu estilo de vida. Não que muitas pessoas conhecessem de fato a verdade sobre isso. Ou sobre ele. Porém, Sean não podia negar que havia certo preconceito, uma preconcepção a respeito do que fazia.

Algumas vezes Sean corrigia essas suposições. Outras, não.

Em geral, não se dava o trabalho de explicar. Muito menos para uma completa estranha. Então, simplificou as coisas:

— Eu soube por uma amiga, e quis ajudar do jeito que pudesse.

Noelle sorriu, aceitando de pronto a explicação.

— Que ótimo. Alguns de nossos solteiros foram torturados por suas irmãs, colegas de trabalho... esse tipo de coisa.

Sean sentiu que o homem vendido antes dele, o paramédico, tinha sido um desses. Ele pareceu tão desconfortável em seu smoking quanto Sean teria ficado se estivesse usando macacão e chapéu de palha. Ou pior, se estivesse em uma sala de aula, cercado por crianças birrentas.

Smokings? Ah, ele lidava muito bem com isso. Considerando o nível de sua família, Sean suspeitava ter usado um sobre as fraldas antes mesmo de aprender a engatinhar.

— Organizamos uma pequena recepção na sala ao fim do corredor para as donas dos lances vencedores e seus solteiros, para que se conheçam e troquem informações.

O-oh... Marcar encontros. Trocar números de telefone.

Conversar sobre métodos contraceptivos favoritos.

Droga, talvez ele simplesmente estivesse cansado. Sem dúvida, definitivamente estava cansado. Ainda assim, supunha que algumas das mulheres presentes ali não esperassem mais do que uma noite agradável em troca do apoio a uma instituição de caridade digna.

Mas nem todas. Sem chance.

— Se me der licença, preciso voltar ao trabalho — disse a organizadora do leilão, com a atenção voltada para uma voluntária confusa que contava pilhas de dinheiro em um cofre.

Diante dela, tamborilando os dedos com impaciência, se encontrava a morena baixinha, porém curvilínea, que havia pago uma quantia exorbitante pelo solteiro vendido antes dele.

Era atraente. Muito. E jovem, também. O que deu a Sean esperanças sobre a própria perspectiva. Não muitas, no entanto, dadas as olhadelas que dirigira, quando estava nos bastidores, à plateia formada sobretudo por mulheres que pareciam muito mais velhas... e muito mais desagradáveis.

— Tenha uma boa noite — disse Noelle quando se afastou.

Sean murmurou um agradecimento e seguiu para o local que ela havia indicado. Era bom resolver aquilo logo. Queria dar uma boa olhada na mulher com quem passaria uma noite no fim de semana, em vez de meramente se contentar com o vislumbre obscuro que havia tido da cabecinha loura, de seu lugar no palco bem-iluminado.

Descobrir o tipo de noite que ela esperava que ele fosse lhe proporcionar não era muito difícil. Se tivesse de adivinhar, Sean diria que levaria não mais do que trinta segundos para determinar se ela sabia ou não quem estava comprando naquele lance.

Considerando o modo como a mulher tinha oferecido a enorme quantia sem nem mesmo ter havido um lance inicial por parte do leiloeiro, Sean suspeitava que sabia a resposta. Ele tinha a sensação de que era por isso que ninguém havia coberto o lance dela. Considerando o que tinha acontecido com o solteiro anterior, a mulher simplesmente havia assustado a concorrência, que certamente reconheceu na voz dela a mesma nota de determinação que Sean detectou.

Então era bem provável que a mulher tivesse ouvido rumores a respeito dele. Sobre quem realmente era, de onde tinha vindo e sobre o que, na verdade, fazia da vida.

Sean duvidava, no entanto, que tais boatos se assemelhassem à verdade em qualquer aspecto. Desse modo, tinha esperança de que ela não tivesse despendido uma pequena fortuna por achar que aquilo lhe garantiria um lugar no travesseiro dele no dia seguinte.

Nada era capaz de garantir isso. Nada, a menos que Sean estivesse bastante e verdadeiramente excitado. Não importava quem fosse a mulher ou o saldo em sua conta corrente. Se não se sentisse atraído por ela, seus serviços se limitariam a acompanhante em eventos sociais, guia turístico ou até mesmo, vez ou outra, guarda-costas. Apesar do que qualquer pessoa achasse. As mulheres mimadas ou seus maridos velhos e ricos que queriam mantê-las "ocupadas".

Ou até mesmo o pai de Sean.

Erguendo as defesas, ele adentrou a saleta, onde casais conversavam baixo nos cantos escuros e perto do carrinho de bebidas.

Algumas das mulheres riam, felizes, e alguns dos sujeitos se contorciam sob tamanha atenção. Um quarto das "vencedoras" era ao menos duas décadas mais velho que seus acompanhantes, mas tinha feito cirurgias plásticas o suficiente para reduzir essa diferença em dez anos.

Apenas um punhado de casais parecia de fato ter uma conversa normal; ou seja, uma que não envolvesse a tentativa por parte da vencedora rica de levar o acompanhante que tinha oferecido um piquenique no parque ao andar de cima, para uma das luxuosas suítes do hotel.

Sean permitiu que seu olhar passeasse pelo cômodo, crente de que reconheceria a tonalidade do cabelo de sua vencedora, mesmo sabendo que este tinha exibido um brilho mais dourado sob as luzes do salão.

Foi quando ele a viu. Uma mulher, sozinha.

Ela era loura. E era jovem. Jovem de verdade, não uma juventude falsa. E, quando se aproximou, Sean percebeu que era bonita. Muito bonita, com rosto jovial, olhinhos arregalados, a típica mocinha americana até nas sardas que ele suspeitava cobrirem seu nariz arrebitado sob a maquiagem.

Ela não era linda de morrer, e não tinha o visual predatório de uma loba rica, o que significava que poderia de fato ter personalidade.

Aquilo talvez desse certo. A menos que ela abrisse a boca e soasse como uma daquelas palermas descerebradas cuja ideia de moda e bom gosto vinha direto das princesas dos tabloides que infectavam Hollywood.

Porém, ele duvidava que isso fosse acontecer. A julgar pelo vestido delicado de seda amarela, pelo penteado comum, curto, preso no alto com uma faixa cintilante amarrada na nuca, e pelas joias simples, Sean suspeitava que aquela jovem fosse muito mais natural que isso.

Então ela o viu. Quando aqueles lábios rosados se entreabriram num arfar, e os olhos azuis delicados, da cor das centáureas que cresciam livremente em sua terra natal, Wicklow, se fixaram nos dele, Sean soube que tinha acertado.

Porque ela estava tensa.

Aquela jovem não era, de forma alguma, a predadora que ele esperava conhecer.

E, naquele instante, Sean a achou muito, muito atraente. O que de súbito o fez pensar que talvez aquela coisa maluca de leilão não tivesse sido uma ideia tão ruim, afinal.

Capítulo 2

— Boa noite — murmurou Sean quando se pôs ao lado da mulher que o havia comprado por uma noite. — Desculpe por deixá-la esperando.

— Você tem sotaque!

Ele riu baixinho.

— Talvez você seja a pessoa com sotaque aqui.

— Ai, Deus, isso foi incrivelmente rude, não foi? — Ela estendeu a mão, tão pequenina que quase desapareceu dentro da de Sean quando ele a apertou com formalidade. — Sou Annie Davis. E você é…

— Sean. Sean Murphy.

— Tipo Bond… — murmurou ela. — James Bond.

— Não exatamente — disse ele, rindo. — Eu não disse "Murphy. Sean Murphy". Além disso, Bond era britânico.

— E você não é?

— Deus, não!

Como se percebendo que o ofendera, Annie mordeu o lábio.

— Desculpe. Eu só gosto dos filmes antigos do James Bond, e você me faz lembrar Sean Connery.

Então aquela garota tinha bom gosto, pelo menos no que dizia respeito à série *007*, mas sem dúvida um ouvido bem ruim para sotaques.

— Connery é escocês. Nem mesmo fica na mesma ilha.

Annie pareceu tão perturbada que ele entendeu que não deveria provocá-la, mas não conseguiu evitar. A mulher, que Sean imaginava estar na casa dos vinte anos, um pouco mais jovem que ele, era adorável. Sobretudo quando tentava dizer algo sem se atrapalhar.

— E você é o quê?

— Um homem; pelo menos foi isso o que me disseram. Irlandês. E também seu acompanhante.

A bela estranha libertou a mão da dele, como se só então tivesse notado que a estava segurando, e a levou ao rosto, esfregando a têmpora com delicadeza.

— Não sou muito boa com essas coisas.

— Estou brincando com você — admitiu ele, com uma risada suave.

— Não reajo bem quando sou provocada — advertiu ela, franzindo a testa. — Meu irmão mais velho acordou com um bagre cru enfiado na boca certa manhã porque começou a me chamar de Pequena Miss América quando tive minha primeira menstruação.

O rosto dela, belo e alvo, ficou escarlate. Annie ergueu a mão outra vez para cobrir os lábios quando as próprias palavras ecoaram em seus ouvidos.

— Eu não disse isso, disse?

Sean não conseguiu evitar explodir em uma gargalhada.

— Você disse, sim.

— Eu quero sumir.

Sean, que a cada minuto gostava mais de Annie, se pôs no caminho para evitar que ela seguisse para a porta. Como pôde ter achado que ela era apenas bonita? Quando os olhos de Annie brilhavam daquele jeito, ela ficava de tirar o fôlego.

— Prefiro peixe-espada. E, só para esclarecer: embora eu goste de sushi, costumo preferir meus frutos do mar grelhados.

— Você me dá licença enquanto vou ali me esconder debaixo de uma mesa?

— Não, não dou, *céadsearc* — sussurrou Sean enlaçando o braço dela.

Constatando a maciez de sua pele, ele captou um perfume sutil de pêssego, e deu um sorrisinho. Não era almiscarado. Não era um enjoativo perfume de gardênia.

Pêssegos.

Recusando-se a perdê-la de vista, levou-a para um canto escuro perto do bar. Tinha a sensação de que Annie fugiria se ele não lidasse com aquilo do jeito certo. Porém, não fazia ideia do porquê de uma mulher pagar cinco mil dólares para passar a noite com ele e então fugir.

— Do que você me chamou?

Um lapso linguístico.

— Chamei-a de doce amor — admitiu ele.

— Isto é machista.

— Vocês, americanas... não deveriam ficar tão arredias. Foi só um carinho.

— Como posso ser seu amor se acabamos de nos conhecer?

— Não meu amor — admitiu ele. — Mas devo dizer, a julgar pela quantidade de vezes que desejei sorrir desde o instante em que você abriu a boca, que imagino que seja muito doce, engraçada e bondosa. — Sorriu. — Se esquecermos o ataque furtivo do bagre. — Soltando o braço dela, macio e sedoso, Sean acrescentou, num meio sussurro:

— Estou ansioso para conhecer você, Annie Davis.

Ele falava sério, mas o fato de ter dito aquilo a ela quase o surpreendeu. Sean não era de baixar a guarda tão depressa. Algo naquela jovem, no entanto, derrubou o verniz suave e os maneirismos tediosos que lhe convinham tão bem em sua rotina.

Sean não estava flertando, ou sendo charmoso para fazê-la cair em suas graças. Estava apenas conversando de forma honesta com ela, algo que nem sempre era livre para fazer com as mulheres. Em geral, era pago para dizer a elas exatamente o que desejavam ouvir.

Exceto "não". Elas jamais gostavam de ouvir isso. Sean, no entanto, não tinha pudores em dizê-lo.

— Supõe-se que deveríamos estar nos conhecendo, não é? — perguntou ele. — Então, conte-me sobre você.

Sean aguardou, perguntando-se como Annie reagiria, aquela loura tão cheirosa, que o observava com olhos hesitantes.

— Aquela palavra que você disse... que idioma era?

— Irlandês... Alguns chamam gaélico.

Ela franziu a testa.

— Você consegue falar sem sotaque?

— Ainda não estabelecemos que eu tenho sotaque — resmungou Sean, por algum motivo, gostando de provocá-la, mesmo que um dia aquilo viesse a lhe custar ter a boca cheia de peixe cru.

Annie desviou o olhar, e uma careta repuxou a boca bonita.

— Bem, não creio que eu já tenha dito que ele não tem sotaque.

— Quem?

— Você.

— Como?

— Eu quis dizer ele.

— Volto a perguntar: quem?

— Não importa. Eu estava falando de você... O você que eu quero que seja, se concordar com isso.

Sean suspirou.

— Acho que preciso de uma bebida. Quer um drinque?

Quando Annie recusou, ele gesticulou para o atendente do bar. Apontou para uma garrafa de uísque e fez sinal com os dedos para pedir uma dose, depois aumentou a distância entre os dedos para indicar que desejava uma dose dupla.

A bebida chegou às suas mãos alguns minutos depois, trazida por uma garçonete atenciosa usando um vestido preto curto. Ela sorriu, tímida, e roçou a mão na dele por um instante mais longo que o tecnicamente necessário ao lhe passar o copo envolto num guardanapo. Então a jovem se afastou, com passos bruscos e determinados.

— Cara, falando em falta de educação...

— O quê?

— Aquela garçonete me ignorou totalmente. Não me ofereceu uma bebida e nem ao menos me dirigiu um olhar. Foi como se eu não estivesse aqui. — Annie revirou os olhos. — Ela poderia muito bem ter rasgado o uniforme e rabiscado o número do telefone naqueles seios falsos.

— Como sabe que são falsos?

— Ah, por favor... — Então, ao perceber a entonação dele, Annie devolveu a pergunta: — Com você sabe?

Sean respondeu do mesmo modo:

— Ah, por favor...

Uma pequena centelha surgiu naqueles olhos lindos, e ela sorriu sutilmente.

Apreciando aquele lampejo de humor, Sean lançou um olhar vagaroso para Annie, absorvendo cada centímetro da mulher diante dele, indo além do rosto atraente, do penteado discreto, das joias e roupas simples. Não havia dúvida do quão perfeitas e naturais eram as curvas dela.

Sean bebericou seu uísque. Bem devagar.

Os ombros dela pareciam resistentes, mas de alguma forma, frágeis; seus braços nus, fortes, porém alvos e magros. O corpo dela tinha uma proporção perfeita; a altura combinava certinho com a de Sean. Annie poderia facilmente inclinar a cabeça para encontrar o beijo dele.

E de repente Sean se flagrou desejando aquele beijo. Muito.

— Imagino que você saiba alguma coisa sobre mulheres — disse ela, não soando muito satisfeita com a observação.

Sean sabia o suficiente para ter certeza de que ela era cem por cento feminina. E que instintivamente estava bagunçando a cabeça dele.

O que, ele se perguntou, Annie faria se ele se abaixasse para roçar os lábios nos dela, assim como se deu conta de que desejava fazer?

Será que Annie se afastaria se ele envolvesse sua cintura, pousasse a ponta dos dedos nos quadris dela e a puxasse para si? Será que todas as outras pessoas no ambiente veriam o roçar dos corpos como um abraço inocente ou como um convite carnal que Sean sabia que seria prorrogado?

— Eu deveria agradecer à garçonete, sabe? Ela me ajudou a confirmar o quanto isso é idiota — afirmou Annie, e qualquer resquício de sorriso desapareceu de seu rosto.

O tom dela espantou a disposição sensual dele. Sean não conseguia acreditar que Annie tinha mesmo ficado com ciúme da garçonete, cuja tentativa de sedução exagerada não tinha vantagem alguma sobre os encantos mais discretos daquela que estava diante dele.

— Ela foi rude com você, mas é bonitinho que esteja com ciúme.

O modo como Annie inclinou a cabeça para um lado, confusa, revelava a Sean que ele a tinha interpretado mal. Agora percebia que ela não estava com ciúme. Na verdade, Annie parecia quase... desanimada. Taciturna.

— Não é isso. O fato é que esta situação toda é estúpida. — Annie suspirou. — Desisto. Ninguém vai acreditar que somos um casal.

Ignorando a pergunta óbvia — Por que alguém teria de acreditar naquilo? —, Sean fez outra mais interessante:

— Por que não?

Franzindo a testa, Annie gesticulou para ele — o rosto, os ombros, o smoking —, e então olhou para si.

— Nós não somos o que eu chamaria de almas gêmeas.

— Somos um casal formado durante um leilão, Annie. E isso é tudo o que importa.

— Não, não é — resmungou ela, aqueles olhos tão expressivos se desviando outra vez, como se houvesse algo que ainda não estivesse disposta a contar.

— O que exatamente a preocupa?

— Qualquer um que nos conhecesse pensaria que sou sua secretária.

Sean bufou diante da ideia de ter uma secretária. O quê? Para cuidar de suas... consultas às clientes?

Annie o ignorou.

— Ou sua dentista. Não sua namorada.

Namorada? Ele nunca tinha namorado. Nunca.

Aquele leilão havia sido somente para um encontro de uma noite; apenas isso. O que era o máximo para Sean no que dizia respeito à vida pessoal, de qualquer modo. Ou, pelo menos, tinha sido assim nos últimos anos, desde que deu as costas para o pai, suas propriedades e seus planos para o futuro do filho, incluindo um casamento adequado, e pegou a estrada, determinado a encontrar a mãe e a outra versão da própria história.

No entanto, Sean não discutiu, ainda desejando compreender o que Annie tentava dizer.

— Ou podem achar que sou seu mecânico, que não dá a mínima para o que as pessoas pensam.

Com isso, ela deu uma risada suave, soando genuinamente alegre, e Sean não conseguiu evitar ecoar aquele riso.

— É, isso mesmo. Remington Steele vindo arrumar minha minivan. É isso, sem dúvida, o que as pessoas vão enxergar.

Uma minivan... horrenda.

— Quem é Remington Steele?

— Um personagem de uma antiga série de TV, *Jogo duplo*. Era o programa favorito da minha mãe quando eu era criança. — Annie franziu a testa, concentrando-se. — Espere, Pierce Brosnan é irlandês, certo?

— Ah, esse programa — respondeu ele. — Sim, é.

Soando triunfante, ela disse:

— E ele já foi James Bond no cinema também! Então não passei tão longe.

Sean assentiu.

— Mas Connery ainda é o melhor.

Ela revirou os olhos.

— Seria fácil conquistar minha mãe — sussurrou Annie para si mesma. — Ela não iria questionar os detalhes uma vez que visse seu rosto ou ouvisse essa voz.

— Estamos nos aproximando do assunto em questão agora?

Annie balançou a cabeça, percebendo que falara alto o suficiente para ser ouvida.

— Não. Na verdade, não. Ainda é uma ideia louca, e nunca iria funcionar. Ninguém que nos visse juntos acreditaria no que eu gostaria de passar, considerando o modo como estou conversando com você.

— Comigo?

— Com ele — disse Annie, o rosto corando outra vez. — Desculpe. Meu Deus, não consigo acreditar que gastei todo aquele dinheiro. Pelo menos posso deduzi-lo do imposto de renda. — Mordendo o lábio, completou: — Pelo menos espero que sim.

— Eu bem que gostaria de saber sobre o que é que você está falando.

— Ora, você não apenas nunca se encaixaria no meu universo como qualquer um que olhasse para nós perceberia que não temos absolutamente nada a ver. Não temos interesses em comum, nenhuma conexão emocional. — Annie engoliu em seco, isso foi visível. — Zero química.

Nesse ponto, ela estava enganada. Muito enganada. Sean sabia, por instinto, que ficaria repassando mentalmente a conversa casual dos dois até muito tempo depois que se despedissem. E que se lembraria do eco daquela risada alegre e desinibida enquanto estivesse tentando dormir.

Eles tinham química, sim. Tanta que Sean era capaz de senti-la pulsando entre os corpos, como fogos de artifício coloridíssimos, reluzindo em explosões vermelhas e douradas de luz e calor. Quando ele não tentava fazer o máximo esforço para compreender o que ela dizia, via-se se obrigando a não agarrá-la e beijá-la para lhe arrancar a tagarelice afetada dos lábios.

— Annie — murmurou ele, erguendo uma das mãos, de modo que pudesse tocar uma mecha daquele cabelo dourado —, nós definitivamente temos química. Desconfio que seríamos capazes de causar uma explosão sem nem mesmo nos aproximarmos de um laboratório químico.

Sean não tinha experimentado muitas explosões na vida. Satisfação física? Ah, de vez em quando, lógico. Mas fazia anos que não conhecia uma mulher que desejava ter por perto por um motivo diferente do de obter o prazer da conexão física. E muito menos uma que não fazia ideia de quem ele era.

E Annie, sem dúvida, não fazia a menor ideia. Sean sabia disso com a mesma segurança com que conhecia a própria história recente.

— Você ainda está provocando...

— Não, não estou, Annie. Você sente também. Admita.

O atrito que saía e reverberava de volta ao corpo dela confirmava a alegação dele e não lhe dava chance de negar aquilo. Os dois se achavam próximos o suficiente para compartilhar o mesmo ar que respiravam, para sentir o leve roçar das roupas enquanto os corpos se encostavam, enviando tensão e consciência à estratosfera.

Pela primeira vez desde que tinha chegado ali naquela noite, Sean começava a se perguntar se iria continuar dentro daquele prédio até o nascer do sol. Eles estavam em um belo hotel. Nos andares de cima, havia centenas de quartos aguardando para serem ocupados por amantes famintos por uma noite quente de verão em um abraço tépido e carnal.

O que Annie diria se ele fizesse tal sugestão? Será que Sean a assustaria, ou finalmente trespassaria aquela muralha de conversa autodepreciativa que ela havia ostentado para mantê-lo afastado?

— Eu sinto — admitiu Annie, por fim, abandonando todo o fingimento.

E não falou mais nada; simplesmente ficou observando-o, atenta, para descobrir o que estava acontecendo ali.

Sim, porque alguma coisa acontecia ali, isso com certeza.

Os lábios de Annie estremeceram, e a pulsação dela vibrava rápido na garganta. Ávido para sentir o sabor dela, por uma provinha daquela pele macia, Sean deu um beijo, apenas um beijinho breve, naqueles lábios rosados.

— Doce Annie... — murmurou Sean, antes de eliminar a distância entre os dois e cobrir os lábios dela com os seus.

Ele não a pressionou por mais, não exigiu adentrar a boca delicada. Em vez disso, apenas a provou, compartilhou um pouco do hálito, inalou a fragrância que flutuava do cabelo dela... pêssego, com o perfume suave da pele macia como toque final. Então obrigou-se a interromper o beijo e se afastou, dando um único passo para trás.

— Bom — sussurrou Annie.

— Muito bom. — A voz dele foi tão baixa quanto a dela.

Muito bom para ir tão depressa, apesar de ele desejar tanto isso. Casos quentes e breves não eram novidade para ele, e Sean sabia, por experiência própria, que, se esperasse, aquela aventura seria ainda mais prazerosa.

Além do mais, não queria que fossem como um daqueles casais que saíam do quarto furtivamente, trocando chaves, seguindo para os elevadores. Sean não desejava isso nem para si nem para Annie.

Recuperando o controle, ele pigarreou.

— Isso é o suficiente por enquanto. Quando tivermos nosso encontro, conversaremos um pouco mais sobre esta conexão entre nós.

— Conexão...

— Não me obrigue a mostrá-la outra vez.

De repente, Annie esticou a mão, roçando a ponta dos dedos no brinco dourado na orelha de Sean, girando-o cuidadosamente em um movimento muito inocente e, ao mesmo tempo, muito íntimo. Sean enxergava o fascínio no rosto dela.

— E você me mostraria se eu dissesse "por favor"? — Annie ainda parecia atordoada, o olhar fixo na boca de Sean enquanto ela lambia os lábios em um convite descarado que evocou um gemido dele.

— Annie...

— Mais. — Ela oscilou em direção a ele em uma exigência silenciosa que o fez se aproximar para puxá-la contra si; do contrário, Annie desabaria no chão.

Dessa vez, o beijo não foi tão doce. Não foi tão delicado. E certamente não foi nem um pouco inocente.

Quando a boca de Sean tocou a dela, Annie umedeceu os lábios dele imediatamente, exigindo uma intimidade mais profunda.

Quando as línguas se uniram em uma investida rápida e intensa, as mãos de Annie foram para os ombros de Sean, os dedos se enredando no cabelo dele. Esquecendo-se de imediato das outras pessoas presentes no cômodo, na penumbra, Sean se permitiu usufruir do sabor dela, do cheiro, da maciez incrível do corpo de encontro ao seu.

Enfim, no entanto, uma risada feminina alta e estridente vinda de algum canto se intrometeu. Annie pareceu dar-se conta do que fazia, de que praticamente estava agarrando-o em um convite silencioso ao prazer carnal, e afastou as mãos, a boca e o corpo.

— Bom — murmurou ele, repetindo a descrição anterior dela, a qual se encaixava perfeitamente.

— Muito bom. — Ela assentiu. Então ficou em silêncio, olhando para ele, como se estivesse se perguntando o que fazer, para onde ir, como proceder a partir dali.

Os quartos de hotel acenaram novamente. E Sean sentia que poderia tê-la em um daqueles quartos com o mais sutil dos convites. Era tão tentador.

Não. Aquela era a primeira vez em muito tempo que Sean desejava uma mulher puramente em função da própria vontade, longe de sua vida, de seu trabalho, de seu passado, de sua família.

Ele a desejava. O que significava que estava disposto a esperar por ela, a ignorar a exigência primitiva e tépida de seu corpo, desacostumado a ter de esperar pelo que quer que fosse.

— Diga-me onde devo buscá-la no sábado à noite.

Annie piscou duas vezes, a boca se abrindo enquanto o encarava, ainda parecendo atordoada, chocada em seu silêncio.

Sean sentiu que aquilo não era algo muito comum. Ele aproveitou sua vantagem, sem desejar discutir se eles iriam se ver de novo ou não. Eles iriam. Ponto.

— Nem ouse tentar dizer que não temos química. Não depois daquilo.

Annie hesitou, então balançou a cabeça para a frente e para trás, lentamente.

— Não, eu...

— "Não" não é uma opção.

— Deus do céu, você é mandão! — rebateu ela, enfim emergindo da confusão sexual que parecia estar experimentando.

— Não. Assim que me conhecer, verá que sou bem charmoso. — Sean esboçou um sorriso afetado. — Vamos lá, desista disso. A que horas devo buscá-la para nosso encontro?

Annie cruzou os braços. Sean baixou o olhar, mirando o decote delicado exibido de maneira tentadora. *Meu Deus, será que ela não faz ideia do quanto é atraente?*

Talvez não. Sean a tinha considerado apenas bonita à primeira vista. E agora sabia que era linda o suficiente para fazê-lo repensar sua decisão de permitir que Annie saísse dali sem ele naquela noite.

Ainda mais se levasse em conta o quanto sua calça perfeitamente moldada ao corpo começava a lhe apertar. Então, Sean imaginava que Annie poderia não ser capaz de compreender o próprio poder de atração suave e silenciosamente sedutor, que era imenso.

Annie tentou resistir pela última vez, soando qualquer coisa, menos determinada:

— Isso não vai funcionar.

— Sim, vai. Temos um acordo. Dei minha palavra aos organizadores deste evento, e você pagou caro para conseguir o que queria. Nós vamos fazer isso. Se não gostar do que sugeri para nosso encontro, sinta-se livre para escolher outra coisa. Mas nós vamos sair juntos.

Com um suspiro descontente, Annie, por fim, se rendeu:

— Tudo bem. Você venceu.

Como se em algum momento tivesse havido dúvida a respeito disso.

Annie encarou Sean, os lábios um tanto contraídos, espiando-o como se quisesse ver o quão longe ela poderia ir.

Então foi bem longe.

— Pode me buscar no sábado de manhã, às 9 horas. Nosso encontro vai durar até as seis da tarde de domingo. Leve uma roupa casual, uma outra mais arrumadinha e pelo menos dois pares de sapatos, para o caso de você... pisar em alguma coisa.

Foi a vez de Sean ficar de queixo caído.

— O que...

Annie empinou o queixo, o desafio brilhando naqueles olhos azuis, escorrendo de sua postura e soando com clareza na voz:

— Você disse que eu poderia escolher. E escolhi. Iremos para a fazenda dos meus pais no fim de semana. — Ela deu um sorriso malicioso e concluiu:

— Espero que goste de famílias grandes, Sean... E de vacas.

— Ele nunca levará isso até o fim. Garanto que vai encontrar um pretexto e pular fora — resmungou Annie ao sair do hotel ao lado de Tara.

Elas seguiam para o estacionamento, até a minivan de Annie, a mesma que usavam para transportar as crianças a numerosas excursões e que tinha várias manchas de suco de maçã e saliva. Aquela na qual alguém como Sean Murphy nunca entraria nem sob ameaça de decapitação, muito menos como passageiro voluntário.

Tara não parecia nem mesmo ouvi-la.

— Os olhos dele têm mesmo naquela tonalidade violeta-azulada da foto? Não são lentes de contato, são?

— Você ouviu o que eu disse, Tara?

A amiga tinha falado sem parar nos últimos cinco minutos, desde que Annie saiu do coquetel, deixando ali um Sean Murphy confuso. Tara tinha feito milhões de perguntas sobre o visual de Sean. Que Deus ajudasse Annie caso ela revelasse que ele a havia beijado. Duas vezes.

Beijar um homem, uma coisa tão simples, tão normal. E ainda assim, os beijos de Sean foram uma bagunça complicada de prazer, confusão, desejo e surpresa.

A boca dele era fantástica, assim como o restante do corpo. Qualquer mulher com uma gota de estrogênio iria querer provar muito mais.

Annie duvidava, no entanto, de que iria conseguir mais. Não depois do modo como reagira, praticamente acuando-o num canto para conseguir o que queria: a companhia dele quando ela fosse para a fazenda dos pais no fim de semana.

— Ele é perfumado? Caras como ele costumam ser cheirosos. Não são como atores, que só cheiram a suor, café e cigarro.

Annie mal resmungou. Como Tara era capaz de continuar a manipulá-la, o que vinha fazendo com aquelas perguntas tão ridículas, quando Annie se sentia tão ansiosa?

Ainda não conseguia acreditar em como as coisas tinham se desenrolado. Ela praticamente havia encomendado um estranho para passar um fim de semana com diversas outras pessoas em uma fazenda a algumas horas da cidade. Ainda mais chocante: ele não tinha rido dela, nem fugido na direção oposta.

Claro, Sean tinha erguido as sobrancelhas, aproximando-as da linha negra de seu couro cabeludo, e tinha ficado sem palavras durante alguns instantes. Então, com uma piscadela daqueles lindos olhos azuis — sim, eles tinham mesmo aquela tonalidade violeta-azulada da fotografia —, ele simplesmente murmurou "muito bem", pegou o cartão de visitas que ela havia lhe oferecido e lhe desejou boa noite.

Como se estivesse tudo acertado. Fácil, fácil. E completamente enlouquecedor.

— Ele vai me deixar plantada esperando.

— Deu para notar se o smoking dele era feito sob medida, Annie? Sem dúvida parecia, quando o vimos de lá de trás.

— Sean vai marcar uma viagem para a Sibéria enquanto nós duas estamos aqui conversando.

— Ele é alto, certo? Parecia alto.

— Em vez de me dar o restante da semana para me preparar para aparecer sozinha na festa, Sean vai me deixar aguardando, toda esperançosa, e aí me deixará plantada, no sábado. Terei morte cerebral por estresse, e não serei capaz de inventar nem uma desculpa sequer, como, por exemplo, que meu namorado está em uma missão militar secreta na Hungria ou coisa assim.

— Estamos em guerra com a Hungria?

— Odeio quando você zomba de mim! — Annie lançou um olhar flamejante para Tara, ciente de que sua amiga a estava provocando de propósito.

Tara sorriu e parou de importuná-la.

— Pelo amor de Deus, dá para parar? Ele disse que estaria lá. E vai estar. Por que o cara a deixaria plantada esperando?

— Ah, sei lá... Talvez por parecer que ele nunca ouviu a palavra "fazenda" na vida e não faz ideia de que o filé mignon que comeu no jantar de ontem à noite já usou um sininho no pescoço.

Tara, a vegetariana — por este mês —, ergueu a mão em protesto.

— Desculpe...

Chegando ao estacionamento, entraram no elevador para ir ao quarto andar. Enquanto subiam, Annie continuava a pensar em todos os pretextos que Sean Murphy criaria para não aparecer.

Ela não conseguia encontrar um único motivo para ele aparecer, apesar de os beijos entre os dois terem sido ótimos. E apesar daquelas palavras sensuais e da expressão ainda mais sensual de Sean quando mencionou a química entre eles. Annie estava quase soltando palavrões quando elas passaram pelo segundo andar.

— Eu deveria tê-lo seduzido. Ter aproveitado uma noite de sexo em vez de pedir que ele fosse conhecer minha família.

— Nossa, sem dúvida!

Annie encarou amiga.

— Eu pareço mesmo tão fácil?

— Não, não parece. Mas para um homem assim, querida, até a mãe do Papa seria fácil.

— Estraguei tudo — resmungou Annie, sem querer entrar na conversa "como ele é sexy" com Tara, sabendo que decerto levaria ao tópico "ele beija muito bem", o qual ela não queria abordar agora; de jeito nenhum.

Aqueles dois beijos pertenciam a ela, e só a ela.

Tara colocou a mão no braço de Annie, com delicadeza.

— Pare, Annie. Ele não parece o tipo de cara que não tem palavra.

— Blake também não parecia.

Se os olhos verdes de Tara fossem capazes de soltar fogo, teriam feito isso quando Annie mencionou o nome do ex.

— Eu não conheço esse rapaz do leilão, mas fico insultada em nome dele por você ao menos cogitar compará-lo àquele balde de lixo mentiroso, traidor e mulherengo.

Suspirando de remorso, Annie assentiu.

— Você está certa. Sean parece ser um sujeito decente.

E lindíssimo, quase magnético. E, a julgar por sua biografia, bastante heroico também. Sean era paramédico. Salvava as vidas das pessoas em vez de tentar destruí-las de forma imprudente, como Blake tinha feito com a dela.

Honestamente, Sean Murphy não se parecia com ninguém que ela conhecia.

— Eu não deveria ficar julgando. Talvez só esteja inventando problemas.

— Pode apostar que sim. Agora, conte-me tudo sobre ele. — Tara não estava brincando dessa vez. Ela queria a notícia em primeira mão.

— Você o viu.

— De longe. Só as ganhadoras do leilão puderam entrar no coquetel. — Tara torceu o nariz. — Veteranas malditas.

— Bem, ele é alto.

— Percebi, querida. Dê-me uma informação boa.

— Tem orelha furada e é totalmente sexy. — Embora ela nunca tivesse imaginado que um homem de brinco pudesse ser.

A amiga deu de ombros, pouco impressionada. Como Tara não lia dois romances por semana, como Annie, então provavelmente não captaria a fantasia instantânea do pirata de brinco de ouro e longo cabelo negro que tinha invadido a mente de Annie no momento em que ela o viu de perto.

— Mais.

— Ele tem uma voz incrível.

— Rouca? Tipo aquela voz de conversinha safada ao pé do ouvido?

Annie balançou a cabeça quando saíram do elevador e se aproximaram da minivan, estacionada na área central do andar quase vazio. Annie apertou a bolsinha de festa com mais força sob o braço, dando uma olhada cuidadosa para os recantos sombrios da garagem.

Apesar do que sua família podia pensar sobre ela estar pouco segura na "perigosa metrópole", depois de ter sido criada em uma cidadezinha pacata, Annie sabia cuidar de si.

Ela posicionou as chaves na mão, colocando as mais longas e afiadas nos vãos entre os dedos, e supunha que os dedos de Tara estivessem repousando calmamente sobre a latinha de spray de pimenta que sempre carregava.

Que dupla de Panteras. Se um bandido com uma faca se aproximasse, elas provavelmente jogariam suas bolsas para ele e correriam como loucas de volta ao elevador. Para ser sincera, essa seria a coisa mais inteligente a se fazer.

Mas o que fazer com algum psicopata que quisesse mais do que uma bolsa? Bem, as chaves fazendo o papel de soco inglês e o spray de pimenta eram necessidades básicas quando se morava na cidade. Além do mais, Annie gostava de pelo menos achar que era durona, ainda que só para evitar as preocupações constantes de sua família de que ela não dava conta do recado.

Eles previram roubo, estupro, assalto... quase tudo, menos mutilação, quando Annie informou que estava indo para Chicago, para dar um tempo da fazenda, depois de quatro anos frequentando uma pequena faculdade local. Durante os cinco anos ali, desde que tinha se mudado, já havia tido a bolsa roubada e o apartamento arrombado. Duas vezes.

Por outro lado, no entanto, Annie conseguiu evitar ser assassinada e, assim, provar que eles estavam certos, o que teria gerado o derradeiro, e certamente lacrimoso, "eu avisei" da mãe.

Sua mãe iria gostar de Sean Murphy. Se ele aparecesse.

O pai apreciaria o fato de ele ser um paramédico. Embora fosse o paramédico mais elegante e bem-vestido que eles veriam na vida.

Mais uma vez, se ele aparecesse.

E os irmãos iriam gostar do fato de Sean ser grande e forte. Era provável que ele soubesse tudo de esportes, mesmo esportes tipicamente irlandeses, como rúgbi, em vez de futebol americano; os irmãos adorariam isso. Se ele aparecesse.

Seus três irmãos irritantes definitivamente iriam considerá-lo uma evolução de um sujeito que Annie tinha namorado na época do colégio. Isso quando ela achava que queria se casar com uma versão moderna de lorde Byron, alguém delicado, emotivo, vulnerável e emocional. Cruzes!

Embora Sean Murphy fosse um cavalheiro, os instintos lhe diziam que não havia um ponto delicado naquele corpo incrível, nem um grama de vulnerabilidade naquele sorriso arrogante.

Ele era todo de dar água na boca, de fazer você se derreter por dentro.

— Terra chamando Annie.

— Desculpe — murmurou ela quando chegaram à minivan.

— Conte-me sobre a voz dele.

Lembrando-se da pergunta que Tara havia feito, Annie admitiu:

— Sean tem sotaque. O programa do leilão não mencionou... — Fato que ela achou estranho. — Ele é estrangeiro.

— Ahhhh, sexy! Francês?

— Irlandês.

— Melhor ainda! Como James Bond.

Lembrando-se da conversa com Sean, Annie teve de rir.

— Não, Bond é britânico. Ou escocês. Não entramos num acordo sobre isso. Sean é um daqueles irlandeses de cabelo negro e olhos azuis que pronuncia o erre rolado, e soa como se estivesse mordiscando cada palavra quando a pronuncia.

Tara ficou boquiaberta.

— Deus do céu, mulher, você passou vinte minutos ou a noite inteira com ele? Do jeito como fala, parece que ele andou dando mordiscadas sensuais em você.

Sentindo o coração palpitar no peito ao pensar naquela imagem, Annie resolveu ignorar a amiga. E deu um jeito de continuar a ignorá-la quando entraram na minivan e saíram da garagem, seguindo em direção ao Lincoln Park, onde ambas moravam.

Entretanto, assim que deixou Tara em casa — após observá-la entrar para ter certeza de que chegaria bem ao apartamento —, Annie não conseguiu mais fingir que não ouvia a voz em sua cabeça que ecoava as falas da amiga. Sentia-se como se Sean Murphy tivesse dado mordiscadas sensuais nela, retirando bocados de seu autocontrole, pedaços de sua insegurança e grandes, imensos nacos de sua resistência.

— Eu quero aquele homem — sussurrou Annie ao entrar em seu apartamento silencioso.

Seu gatinho malhado de quatro anos, Wally, a ouviu chegando e se dignou a ir à porta para uma breve saudação, ou pelo menos para ver se ela levava algo interessante para comer. Considerando seu estilo, de sempre levar comida para viagem, era de se esperar.

Abaixando-se para acariciá-lo, ela repetiu:

— Eu quero muito aquele homem.

E não só como um disfarce para a reunião de família no fim de semana. Annie desejava-o fisicamente, de um jeito como não desejava ninguém fazia tempos. Incluindo seu ex idiota.

Dados os registros recentes, porém, ela não estava em condições de desejar ninguém, ou mesmo de confiar no próprio julgamento falho. Porém, aquilo não mudava a maneira como suas coxas estremeciam e sua calcinha ficava molhada diante do mero pensamento em Murphy a mordiscá-la de cima a baixo. Ainda mais agora que ela sabia o quanto os lábios dele eram quentes e delicados.

O quanto sua língua era deliciosa.

Era perigoso, inesperado, ultrajante, mas Annie não conseguia evitar se perguntar se aquela química que ele mencionara seria suficiente para desencadear algo físico entre os dois no fim de semana.

E se ela permitiria que acontecesse.

Capítulo 3

— Proprietária e gerente da Baby Daze. Meu Deus, ela administra uma creche. — Sean fitava, incrédulo, o cartãozinho de visitas branco em sua mão.

Ele não o tinha lido com atenção na noite anterior, quando Annie Davis, a bela "ganhadora", o entregou depois do leilão. Agora, no entanto, desde que havia concluído que não poderia aguardar até sábado para vê-la outra vez e tinha caçado o cartão para encontrar seu número de telefone, Sean viu qual era o trabalho dela.

Uma creche.

Na lista pessoal de Sean de coisas que ele evitava a todo custo, bebês estavam dois itens abaixo de maridos ciumentos e três acima de cachorros muito animados que fazem xixi quando você se abaixa para brincar com eles.

— E ela trabalha com crianças. Por vontade própria.

Mais um motivo para ele telefonar para Annie e dizer que ela havia passado dos limites ao insistir que ele ficasse um fim de semana inteiro em sua companhia — em uma fazenda, pelo amor de

Deus! —, em vez de simplesmente sair para jantar, conforme ele tinha oferecido no leilão.

Para ser sincero, no entanto, ligar para Annie para discutir o problema era apenas um pretexto. Falar com ela era o objetivo principal. Sean não conseguia pensar em nada a não ser na sensação de tê-la em seus braços desde que tinham ficado juntos na noite anterior.

Mas… crianças?

Ele não lidava com esse tipo de coisa.

No entanto, algo dentro de Sean ignorou tal fato assim que ele tirou o telefone do bolso e digitou o número do celular de Annie Davis. Eram duas da tarde. As pestinhas deveriam estar tirando uma soneca àquela hora.

Era o que ele esperava.

Quando Annie atendeu ao terceiro toque e ele ouviu um choro ao fundo, percebeu que havia imaginado errado.

— Sim? — respondeu ela, sem fôlego. — Alô?

Sean pigarreou.

— Desculpe. Acho que liguei num momento ruim.

— Sean? — gritou ela, parecendo atordoada. — Quero dizer, sr. Murphy?

— Pode ser Sean.

— É mesmo você. Uau!

Gritos, choros, miados… Ele ouviu todos esses sons ao fundo enquanto dizia:

— Era esperado que eu telefonasse.

— Creio que sim. Quero dizer, normalmente eu nem mesmo atendo ao telefone durante o dia, mas por acaso estava com ele no bolso e ouvi tocar. Não, querido.

Querido?

— O quê?

— Desculpe. Estou carregando um verdadeiro pacote de energia máscula, e ele está se contorcendo e tentando morder minha orelha.

Sean gostaria de morder a orelha dela. E tinha muita energia máscula também. De repente, Sean se flagrou invejando o garotinho, embora isso não significasse, claro, que ele gostaria de segurar uma criança. Sua meia-irmã mais nova era perfeitamente capaz de encher sua casa ancestral com pequenos Murphy. Sean tinha certeza de que o pai seria capaz de subornar qualquer futuro marido para permitir que os pirralhos carregassem o nome da família.

— Eu... hã... não esperava ter notícias suas tão cedo.

— Achei que deveríamos conversar sobre o fim de semana.

Ela inspirou de forma audível, e Sean quase pôde sentir o pânico através do telefone.

— Você está caindo fora.

Tão pessimista para uma mulher tão linda.

— É claro que não. Apenas quero um pouco mais de informações sobre o que vou enfrentar. Além das vacas.

— Você não irá enfrentá-las. Não precisará nem pisar perto delas. Aquele comentário sobre os sapatos foi só uma piada. Não terá sequer de chegar perto dos estábulos, Sean. E não temos muitos outros animais, exceto alguns poucos cavalos. Gosta de cavalgar? Ah, e há algumas ovelhas também, mas elas estarão no pasto.

Estábulos. Deus do céu. E ovelhas? Ele tinha visto o suficiente dessas criaturas nos primeiros 21 anos de sua vida para deixá-lo farto pela eternidade. Por que foi mesmo que tinha concordado com aquilo tudo?

Os olhos dela, seu bobo. Os olhos, o pescoço, o cabelo dourado, os lábios delicados, o corpo feminino, a honestidade e a sensação incrível de tê-la nos braços.

Bem, está certo então.

— Ouça, isto aqui está uma loucura. — Annie parecia que estava prestes a deixar o telefone cair enquanto murmurava alguma coisa para a criança. — Pode me ligar depois das seis da tarde?

— Por que não busco você depois das seis, aí saímos para beber em algum lugar?

Houve mais miados, além do som de um ronronar, como se um gatinho estivesse sendo acariciado. Sean não achava que estivesse vindo de Annie, embora definitivamente não fosse se importar em acariciá-la um pouco.

Conforme esperado, ele não tinha conseguido tirá-la da cabeça durante a noite inteira. Tentou capturar a lembrança do perfume dela, pensou no gosto dela, repassou a conversa deles na mente, imaginou o belo rosto, o nariz arrebitado, os olhos incríveis. Isso sem mencionar o corpo feminino sob o vestido amarelo-manteiga.

Ah, sim, ele gostaria muito de tocá-la até fazê-la ronronar. No lugar que ela quisesse.

Sentir-se desse jeito a respeito de uma mulher que mal conhecia, estar tão vulnerável a ela e desejá-la tanto após breves apresentações deveria ter sido o suficiente para fazê-lo evitá-la. A razão lhe dizia para ficar longe até que tivesse que ficar, para cumprir sua promessa.

Em vez disso, ali estava ele, telefone na mão, aguardando para ver se ela concordaria em encontrá-lo outra vez naquela noite. Quase prendendo a respiração, inseguro, como se nunca tivesse estado perto de uma mulher.

Sean não costumava ficar vulnerável às pessoas. Jamais tinha se deixado envolver com alguém que não conhecesse o placar e as regras do jogo diante de si.

Esse tipo de relacionamento ele entendia. Os verdadeiros não tinham feito parte de seu vocabulário durante muito tempo.

Um relacionamento verdadeiro, no entanto, era o único tipo que poderia ocorrer com alguém como Annie Davis. Mas isso não poderia coexistir com sua essência, com o que fazia para viver.

Normalmente não era um canalha egoísta o suficiente para arriscar, de qualquer forma, e ignorar as consequências. Então, por que via-se tão disposto a fazê-lo agora e arriscar magoá-la, ou magoar-se, ao se envolver com uma mulher atraente e normal que jamais compreenderia suas escolhas de vida?

Sean não fazia ideia. Sabia apenas que era incapaz de resistir. Estava tão ansioso para vê-la que quase prendia a respiração em expectativa à resposta de Annie.

Enfim, ela falou:

— Talvez seja mesmo bom nós nos encontrarmos para conversar. — Annie hesitou por um segundo antes de acrescentar: — Eu o deixei acuado a respeito dessa viagem.

— De fato.

— Desculpe. — Então, parecendo descontente, admitiu: — Bem, não. Não lamento de verdade. Eu precisava de você, sabe?

Precisava dele. Não apenas queria. Por que tal palavra acelerou a pulsação de Sean, ele não fazia ideia. Mas acelerou mesmo.

As mulheres sempre o desejavam. Mas precisar dele? Isso era diferente. E a essa altura da vida, Sean apreciava qualquer coisa diferente.

— Não sei do que você está falando, Annie, mas tenho a sensação de que vai me apresentar a uma situação daquelas esta noite.

— Acertou. Nós nos encontraremos em algum lugar, está bem? Aí vou expor tudo para você, e então poderá me dizer se quer prosseguir com isso ou não.

Cedendo à cláusula-de-segurança-da-mulher-solteira que exigia um encontro em público na primeira vez, em vez de ele ir buscá-la em casa, Sean resmungou em concordância e aguardou Annie lhe dizer o nome do lugar. Daí acrescentou:

— Devo avisar, Annie, que não acho que haja muito que você possa falar que me faça desistir de passar o fim de semana em sua companhia. Apesar das vacas e ovelhas.

Sean enfrentaria muitas situações para ter a chance de explorar a atração que nascera tão forte entre eles. Isso sem mencionar descobrir exatamente o quanto Annie precisava dele.

— É melhor ouvir onde está se metendo antes de dizer isso, Sean.

— Tudo bem, então. Esta noite você poderá me contar onde estou me metendo, e partimos daí.

E, com sorte, onde ele estava se metendo incluiria alguns momentos altamente sensuais com Annie.

Annie não tinha a intenção de contar a Sean Murphy a história completa. Revelaria o suficiente... na verdade, a maior parte. Deixaria claro que não poderia aparecer na festa da família sem um homem grudado em seu braço, e até mesmo tentaria explicar o motivo. Muito embora, para ser honesta, duvidasse de que Sean fosse compreender a gravidade da situação até conhecer a família dela.

Entretanto, Annie não iria entrar em detalhes sobre a questão Blake, o Babaca. Como tal episódio de sua vida havia sido humilhante demais, ela não conseguia conversar a respeito.

Felizmente, apenas Tara sabia que Annie havia namorado o pai de uma das crianças da creche. Isso foi uma bênção, porque ela estava quebrando a própria regra sobre não se envolver com clientes.

Annie sabia, por experiência própria, que algumas de suas funcionárias jovens e bonitas poderiam, com facilidade, sentir-se atraídas pelos pais bonitos e abonados que costumavam ir buscar os filhos.

Na primeira creche em que Annie tinha trabalhado em Chicago, uma de suas colegas se envolveu em um escândalo horroroso de divórcio que quase destruiu a reputação do estabelecimento. Então a política de não envolvimento com clientes se tornou uma das regras principais quando Annie se atolou em dívidas para abrir a própria creche, três anos antes.

E ela mesma quebrou a regra.

O fato de ter feito isso involuntariamente não era uma boa desculpa. Deveria ter sido mais esperta e enxergado através do charme e das mentiras de Blake.

Ele tinha sido tão convincente... e seu estilo de vida serviu como um suporte muito conveniente para suas historinhas. Sua esposa, que depois Annie descobriu ser uma enfermeira de pronto-socorro com uma agenda apertada, nunca havia visitado a Baby Daze. Nem para a entrevista inicial nem para deixar ou buscar o filho, nem mesmo para uma das festinhas das crianças. Então foi fácil acreditar em Blake quando ele afirmou ser divorciado e criar sozinho seu filho de dois anos.

Imagine a surpresa de Annie quando, um mês antes, seis semanas depois de Blake começar a levar o garotinho à Baby Daze, a não tão "ex" esposa assim confrontou Annie em seu escritório, acusando-a de dormir com seu marido. Por sorte, tinha sido no fim do expediente. Não havia nenhum pai ou mãe para presenciar, e toda a equipe já havia ido embora, exceto Tara.

Além disso, a única bênção foi ela poder negar sinceramente ter feito sexo com Blake. Era um breve conforto, considerando que estavam namorando e haviam compartilhado certa intimidade. Mas era alguma coisa.

— Já chega — sussurrou Annie. As lembranças lhe causavam dor de cabeça.

Obrigando as imagens terríveis a abandonarem sua mente, Annie tentou se concentrar no que dizer a Sean, que iria aparecer no bar a qualquer minuto. Ela havia chegado às 17h50. Estava tão ansiosa pelo encontro que tinha saído cedo do trabalho, deixando sua assistente a cargo do encerramento das atividades do dia.

Aquilo era muito incomum para ela. Mas também incomum o fato de se desprender de uma pequena fortuna, incluindo o dinheiro da poupança, para pagar por um encontro com um desconhecido.

— Não um encontro simplesmente — lembrou a si mesma.

O preço que pagaria iria se provar justo se Sean pudesse ajudá-la a evitar que sua família descobrisse a verdade a respeito da sua vida amorosa um tanto sórdida. Como bônus, também ajudaria a mantê-los ignorando seu status de solteira durante mais alguns meses.

— Falando sozinha?

Perguntando-se se teria quebrado centenas de espelhos nos últimos sete anos para inspirar tanto azar, Annie olhou para cima e se deparou com Sean Murphy parado ao lado da mesa.

Deus, será que aquele encontro poderia ter começado de jeito pior? Ele a tinha flagrado murmurando consigo mesma enquanto bebericava uma taça de vinho num cantinho escuro do bar.

Além disso — ah, que beleza... —, ela tinha acabado de perceber que a camisa de seu uniforme azul da Baby Daze tinha uma mancha de baba na manga e uma nódoa de tinta vermelha na barra. Patético.

— Oi.

— Olá. — Sean parecia estar se divertindo, como se tivesse lido os pensamentos dela.

E ele provavelmente leria o pensamento seguinte também, enquanto Annie o avaliava, da cabeça aos pés, perguntando-se como é que ela iria convencer quem quer que fosse de que havia conquistado alguém tão bonito. Rapazes como Sean não sabiam que lugares como Green Springs existiam, e na certa nunca saíam com garotas de lá.

Tal fato foi ainda mais ressaltado pela aparência dele. Mesmo sem a roupa de festa, Sean ainda parecia sensual demais para ela, não importando o que o currículo dele dissesse. Embora, em termos de roupas, ele não parecesse muito diferente da véspera.

Sean usava jeans desbotado grudado aos quadris estreitos, contornando cada protuberância e ângulo de seu corpo. Alguns volumes eram incrivelmente óbvios, considerando a posição dela, sentada e olhando direto para o abdome dele.

Deus, tenha misericórdia... Sean preenchia um jeans como ninguém.

Annie remexeu-se ligeiramente no banco de madeira, de súbito consciente da pressão entre suas pernas. E bem no ponto mais delicado.

Dando um suspiro trêmulo e lento, Annie obrigou-se a erguer os olhos, notando a camisa social branca. Estava desabotoada no pescoço e com as mangas arregaçadas, revelando antebraços fortes. Eles eram formados por músculos cobertos por pelos escuros, sugerindo a força e o poder que não ficaram óbvios sob o smoking. Ela supôs que Sean teria mesmo que ser musculoso, já que passava a maior parte do tempo em cenários de acidentes, salvando a vida das pessoas.

Nessa noite ele parecia a antítese do homem sofisticado de smoking que havia conhecido no leilão, porém, a atitude, o meio-sorriso, o brilho nos olhos revelavam o homem confiante, naturalmente sexy dentro dele. Não importava o que estivesse vestindo.

Annie agarrou sua taça de vinho e deu um gole longo quando Sean se sentou diante dela.

— Espero que eu não tenha deixado você esperando. Não costumo vir a esta região quando estou em Chicago.

Annie ergueu a sobrancelha.

— Você não mora aqui?

— Normalmente, não.

Resposta interessante.

— Onde você mora? Normalmente?

Sean fez um aceno evasivo, se desvencilhando da pergunta que a maioria das pessoas consideraria tão simples. A reação foi confirmada pelas palavras dele:

— É complicado.

— Para condenados em fuga, talvez. Não para pessoas normais.

— Não sou exatamente uma pessoa normal.

Sem dúvida.

— Mas o endereço para onde vai minha correspondência não é importante, é? Tudo o que importa é que estarei com você neste fim de semana — continuou ele.

— Só por este fim de semana... — murmurou ela antes que pudesse pensar melhor no assunto.

Sean assentiu uma vez. Embora a voz permanecesse amigável, o sorriso diminuiu um pouquinho.

— Sim, Annie. Um fim de semana. Sairei de Chicago na segunda-feira.

Annie prestava atenção ao que ele dizia, e ao que não revelava.

Tinha que dar crédito a Sean... pelo menos ele não estava fazendo promessas vazias, e sim expondo o que podia oferecer a ela, o que podia esperar dele. Suas condições.

Ele não disse "É pegar ou largar". Não precisava.

Annie aceitaria. O quanto daquilo tudo, não tinha certeza ainda.

Mas pelo menos conhecia as regras e decidiria depois se o fim de semana terminaria à sua porta quando retornassem da casa de seus pais ou no domingo à tarde.

Ou na cama dela, bem mais tarde naquela noite.

— Compreendo. — Annie, enfim, se obrigou a parecer casual, indiferente ao acordo silencioso que tinham acabado de fazer. — Este fim de semana.

— Certo — disse ele, embora, para espanto de Annie, não tivesse parecido muito confortável com a anuência dela.

— Agora temos que resolver como vamos passar o fim de semana.

Eles o passariam cometendo uma fraude, mas aquilo parecia um pouco honesto demais para começar a conversa.

— Onde você mora, Annie?

— Isso não é complicado. Tenho um apartamento em Lincoln Park. Não muito longe da minha creche.

— E vive sozinha? Não divide o apartamento?

Annie sabia que ele estava tentando conseguir mais informações, talvez até mesmo uma porta aberta para discutir o seu passado romântico. Mas de jeito nenhum que ela iria abordar esse tópico.

— Somos só eu e Wally.

Ele endureceu o queixo.

— Quem é Wally?

— Meu gato. — Annie deu uma risada delicada. Lembrando-se de algo que não havia esclarecido a ele, acrescentou: — Wally irá conosco no sábado. Espero que não seja um problema para você.

— Sou alérgico.

Ai, não.

— Estou brincando. — continuou Sean, erguendo uma das mãos, com a palma exposta, ao ver a reação de Annie. — Nossa, garota, é muito fácil irritar você...

— Eu já o avisei sobre o bagre — disse ela, incapaz de conter o riso.

Sean era... charmoso, só isso. Mesmo quando tentava irritá-la, era completamente charmoso. Fácil de conversar, divertido, gracioso, mas também cortês, seu tom de provocação soava ainda mais leve com seu sotaque lírico.

Annie nunca havia conhecido um homem como ele. E o desejava com um tipo de desespero que nunca tinha experimentado. A luxúria borbulhando dentro de Annie quase a fazia tremer com sua intensidade.

Luxúria. Ela, a pequena Annie Davis, cujos irmãos ofereciam uma recompensa pela cabeça de qualquer um que ousasse ao menos pensar em tirar-lhe a virgindade na escola, estava seriamente tomada pela luxúria.

As coisas que Annie queria fazer com aquele homem provavelmente não tinham nem mesmo entrado na imaginação exaltada dos caras com quem ela saíra na época do colégio.

— Talvez eu devesse conhecer Wally antes de ficarmos presos juntos em um carro durante algumas horas no sábado. — A malícia no sorriso dele renegava a seriedade da sugestão. — Assim, que tal você me convidar para ir à sua casa?

Ah, claro, seria uma ótima ideia. No momento em que ela o levasse para dentro e fechasse a porta, arranjaria algum pretexto para arrancar as roupas... e então encontraria uma desculpa para saltar nos braços dele; nua. Isso seria fácil. Annie poderia simplesmente confessar a verdade a Sean. Estava tão atraída por ele que não conseguia evitar.

Cedo demais. Annie nunca tinha agido por conta da atração instantânea. Isso havia salvado sua pele com Blake. Portanto, não iria questionar a própria capacidade de julgamento agora, saltando na cama daquele homem um dia depois de tê-lo conhecido.

Mas e no domingo? Dentro de uns seis dias? Bem, aí ela pensaria seriamente no assunto.

Sem nem mesmo se dar o trabalho de responder à pergunta dele sobre ir à casa dela, Annie indagou:

— Quer uma bebida?

Ele assentiu, permitindo que ela mudasse de assunto. Sinalizando para a garçonete, Sean pediu uma cerveja escura, o que soou perfeito vindo daquela boca irlandesa.

Aquela boca irlandesa muito digna de ser beijada.

A simples lembrança dos beijos que tinham trocado na noite anterior foi suficiente para fazê-la afundar na cadeira e revivê-lo em seu íntimo. E fantasiar sobre o próximo.

— Você está me encarando, Annie — disse ele, a voz sedosa.

Sacudindo rápido a cabeça, Annie murmurou:

— Desculpe.

— Alguém já lhe disse que sua expressão expõe os seus pensamentos? — Sean, sem dúvida, tinha a capacidade de ler a mente dela. — Não existe nenhum traço de falsidade nesse corpo lindo.

Ignorando o lampejo de prazer que passou por seu corpo-não--tão-lindo, Annie partiu para a provocação, sabendo que era tão boa em blefar quanto Wally seria em andar de patins.

— Não sei do que você está falando.

Sean sorriu, mas não teceu comentários, pois a garçonete colocava a bebida na mesa. Após dar um gole longo, ele estremeceu quando recolocou o copo no tampo.

— Não está bom?

— Isto perde o sabor a cada quilômetro depois de ser enviada de Dublin, e o atendente do bar tirou muito rápido da torneira.

— Então você veio mesmo da Irlanda. Não é só um descendente de irlandeses.

— Nasci em São Francisco, na verdade. Minha mãe é norte-americana. Mas, depois do divórcio, quando eu era só um garoto, meu pai me levou com ele para a Irlanda. — Embora o tom dele permanecesse tranquilo, o corpo tinha enrijecido.

Annie compreendeu o motivo quando Sean acrescentou:

— E isso é o máximo que vamos conversar a este respeito.

— Desculpe-me — disse ela, percebendo que o assunto era delicado.

Talvez Sean tivesse problemas familiares também. Annie não poderia ser a única pessoa vinda de um clã agressivo e desagradável. Mesmo que algumas vezes assim o parecesse, considerando a reação de muitos de seus amigos em Chicago. Eles costumavam escutar suas histórias de infância com um divertimento afeiçoado, e a partir daí passavam a tratá-la como se Annie fosse a única refugiada de uma cidadezinha dos anos 1950.

Annie esticou a mão para a tigela de castanhas que a garçonete lhes havia servido, pegando uma cuidadosamente e colocando na boca.

— Acho que você gostaria de saber sobre o fim de semana, agora.

— Sim.

— Aí poderá decidir se vai querer pular fora.

— Eu não vou pular fora. Já lhe disse ontem à noite que a acompanharei.

— Mas eu pensei que fôssemos nos encontrar para eu convencê-lo.

Sean esticou o braço ao longo da mesa e acariciou as costas da mão dela com as pontas quentes de seus dedos.

— Estamos nos encontrando porque eu não conseguia aguentar esperar mais quatro dias para vê-la outra vez.

Uau! Falando em palavras que saem da boca de uma pessoa ao coração de outra... Ou estômago. Ou qualquer outro lugar... Annie contraiu as coxas sob a mesa, e fechou as pernas, de repente muito consciente da calça apertada.

Porque as palavras — além daquilo tudo e do olhar íntimo por parte dele — definitivamente pousaram ali.

— Já que estamos aqui, no entanto, você pode muito bem me contar os detalhes. — Sorrindo, Sean desviou o olhar e soltou a mão dela.— No entanto, acho que eu poderia ser capaz de arriscar um palpite.

— Ah, é mesmo? — O tom dela continha um desafio.

Ele inclinou a cabeça, pensando.

— É sua reunião de ex-alunos do ensino médio, e você é a última princesinha da formatura a estar solteira?

Ela revirou os olhos.

— Eu não era do tipo princesinha da formatura.

Estava mais para princesa do festival do leite, mas Annie não queria mencionar vacas outra vez até que fosse absolutamente necessário.

Sean tentou de novo:

— Seu ex-namorado vai se casar e você não tolera a ideia de aparecer sozinha?

— Nem perto. Meu único ex-namorado na minha antiga cidade não pode se casar legalmente, pelo menos não neste estado. Embora ele e seu parceiro pareçam muito felizes, de qualquer forma. — Sean soltou uma risada breve. — Eu tive uma fase doce e meiga na época da escola — admitiu Annie. — Sobretudo em relação aos meus irmãos chatos, desagradáveis e grandalhões, jogadores de futebol americano.

— Irmãos? Mais velhos, mais novos...

— Dois mais velhos, um mais novo. Todos cabeças-duras. Nenhuma irmã.

Ele assentiu.

— Futebol americano, você disse? É uma versão mais leve do rúgbi, não é?

Annie sorriu, a cada minuto mais ansiosa para apresentar seu homem aos irmãos.

— Certo.

Sean bufou num desdém visível, então especulou:

— Acho que entendi.

— Entendeu o quê?

— Entendi Annie Davis. A desesperada-o-suficiente-para-comprar-um-par-para-o-fim-de-semana.

Ela não podia negar aquele título.

Sean ergueu as mãos, enumerando os detalhes nos dedos:

— Você é linda, mas está solteira no momento. Teve alguns namorados, veio de uma cidade pequena e tem uma boa quantidade de irmãos mandões e tempestuosos.

A parte do "linda" a aqueceu, embora seu primeiro instinto fosse negar. Ela era bonita... contudo nada de mais. Era um tipo comum.

Sean, no entanto, não esperava que ela concordasse, e simplesmente continuou:

— Então você gastou uma enorme quantidade de dinheiro que nem mesmo podia gastar para ter um homem ao seu lado quando fosse para a reunião de família. Assim, seus irmãos não vão provocá-la, seus pais não ficarão decepcionados e o restante das pessoas não sentirá pena de você, assediando-a para sair ou lhe dando ordens do mesmo jeito como faziam antes de você se mudar. Estou certo?

Annie ficou de queixo caído. Foi bom não ter colocado outra castanha na boca, porque ela teria caído na mesa grudenta de madeira. Aquilo tinha sido bem impactante. Um tanto intuitivo e impactante.

— Como você sabe...

— Não é uma história original. — Sean arqueou a sobrancelha numa diversão pesarosa, e acrescentou: — Você ficaria surpresa com a frequência com que já a ouvi.

Ele não tinha entendido a história completamente, mas chegou perto o bastante para fazê-la se perguntar se ela era mesmo tão fácil de ser decifrada.

Será que Sean a olhava e enxergava apenas a garota do interior com mancha de baba na camisa tentando agradar a família? Será que um dia ele a enxergaria como a desconhecida no adorável vestido amarelo que tinha comprado só para o leilão?

Mais uma vez lendo os pensamentos dela de forma precisa, Sean se inclinou para a frente, os antebraços apoiados na mesa.

— Não.

— Não o quê?

— Não venha com essa coisa sem sentido sobre sermos consideradas duas pessoas que poderiam se envolver. — Sean engoliu em seco de maneira visível, os tendões da musculatura do pescoço se flexionando antes de ele dizer, em voz baixa: — Porque se a atração física, o desejo, é tudo o que necessitamos para provar que somos um casal, ninguém em sua cidade natal terá uma única dúvida sobre meu motivo para estar lá. — O olhar dele se concentrou na boca de Annie, e de repente Sean cerrou o queixo. — Eles verão o jeito como a olho e saberão muito bem o quanto a desejo.

Annie entreabriu os lábios e inspirou, necessitando de mais oxigênio do que tinha inalado antes. Porque seu coração fazia o sangue rugir pelas veias em uma velocidade quatro vezes maior que o normal.

— E eles verão o quanto você me deseja também.Vão perceber que já somos amantes e notar o desespero entre nós por estarmos sendo obrigados a agir de forma comedida perto de sua família. Ao passo que, no íntimo, saberão que rasgaremos as roupas um do outro no minuto em que estivermos a sós.

Annie arfou alto desta vez. As roupas precisavam ser tiradas naquele momento, considerando o quão desconfortavelmente apertadas estavam, o quanto seus mamilos rígidos ficaram sensíveis de encontro ao sutiã e à blusa.

— Ninguém questionará nada, Annie. Garanto.

Ela começou a se inclinar por sobre a mesa também, atraída pelas palavras dele como se a tivessem chamado com um magnetismo genuíno. Annie não conseguiu verbalizar um protesto, não era capaz de organizar um pensamento sequer, quando ele ergueu a mão e a pôs no cabelo dela. Sean puxou a cabeça dela para ainda mais perto, até os rostos se encontrarem, roçando os lábios.

Annie fechou os olhos quando as bocas se tocaram e se abriram. O calor da língua de Sean de encontro à dela a fez ter calafrios, e as investidas lentas lhe causaram estremecimento. Mais uma vez, ela estava beijando Sean em público, sem dar a mínima por ele estar com a língua em sua boca quando se achavam cercados por estranhos.

Que mulher se importaria quando tinha aquele homem fazendo sexo oral com ela, preenchendo seus sentidos e afastando todos os pensamentos e inibições?

Enfim, depois de um beijo que se prolongou entre diversas tomadas de fôlego, Sean a libertou. Ele recuou, apenas alguns centímetros, e, sem hesitar, retornou à conversa, como se não tivesse acabado de abalar o mundo de Annie.

— Agora, esqueça essa ideia de tentar me persuadir sobre não sermos um casal convincente. — Ele desviou o olhar e ergueu a cerveja. Vendo o jeito como o líquido escuro espirrou um pouco pelas bordas, Annie percebeu que ele não estava totalmente controlado. Sean era só um pouco melhor em esconder suas reações. — Você não tem o pretexto "nós dois não combinamos" — acrescentou ele depois de beber um gole. — E não há necessidade de se sentir boba ou constrangida porque quer fazer algo para tornar sua vida mais fácil durante um tempo enquanto tira sua família do seu pé... principalmente porque eles não têm nada com isso. Então pare de dificultar as coisas para si mesma.

— Isso tornaria mesmo tudo mais fácil — admitiu Annie, embora a mente ainda estivesse no beijo dele e naquelas palavras sensuais.

Ela se inclinou para Sean outra vez, compensando o espaço que ele criara ao recuar. Com os antebraços a centímetros de distância dos dele, Annie estava perto o suficiente para sentir o calor da pele de Sean, embora não tanto a ponto de não conseguir manter a mente concentrada no que tinha que fazer, em vez de pensar no quanto gostaria de acariciar aquela pele.

Bem, quase.

Mas já que ele a havia atordoado dizendo aquelas coisas tão sensuais e em beijando-a em seguida — e interrompendo o beijo —, o homem merecia pelo menos uma vingancinha. Não era muito, mas... Annie tinha esperanças de que Sean pudesse sentir a energia de seu corpo flutuando até ele, acasalando-se e misturando-se sobre a mesa, embora ele não a reconhecesse.

— Bem, o quão perto eu cheguei, Annie?

Não fazia ideia a respeito dele, mas ela mesma tinha chegado bem perto... de mergulhar em cima dele por sobre a mesa.

Sean riu suavemente, autoconfiante, satisfeito consigo. Rapaz arrogante. Sem sombra de dúvida.

— Quero dizer em relação à minha descrição do fim de semana — continuou ele.

—Você acabou de acertar bem na mosca — admitiu ela. — Mas não é uma reunião familiar, e sim uma festa pelas bodas de 35 anos de meus pais.

— Bastante tempo.

— Eles estão muito felizes e são ótimos pais. Só um pouco antiquados e superprotetores. — Curiosa, ela perguntou: — E os seus?

A risada isenta de humor de Sean informou que ela havia ultrapassado os limites. No entanto, ele deu uma resposta vaga, muito embora tivesse servido apenas para deixá-la mais curiosa sobre o passado dele:

— Eles não chegaram nem às bodas de 35 meses, que dirá anos.

Quando ele ficou em silêncio, indicando que tinha terminado de falar sobre sua família, Annie ofereceu um pouco mais sobre a sua:

— Bem, quando eu disse superprotetores, posso não ter ilustrado bem a situação. Meus pais têm previsto meu estupro, desaparecimento ou assassinato desde o primeiro minuto em que me mudei para cá.

— A perigosa cidade grande, hein?

— Isso mesmo. Eles preferem pensar que estou infeliz e solitária, assim podem jogar todos os homens disponíveis em minha direção, na esperança de que um deles grude e eu volte para casa definitivamente.

— Eu vou grudar — prometeu ele com um sorriso malicioso.

Sim, aposto que grudaria.

Aquela energia corporal sapateou um pouco sobre o centímetro no tampo da mesa entre os antebraços deles. Mas de algum modo

Annie conseguiu manter-se distante o bastante para deixá-lo logo a par do restante dos detalhes do fim de semana que estava por vir.

Exceto os pormenores relacionados a Blake. Ela preferia jogar fora mais cinco mil a contar àquele homem que tinha bancado a romântica tola e estúpida. Ainda mais porque, durante as várias semanas em que namoraram, Blake não a fizera sentir-se nem um pingo como agora, tudo com um simples beijo e o som da voz cadenciada e sensual daquele homem sussurrando fantasia e desejo.

— Acho que podemos fazer dar certo — afirmou Sean quando ela terminou. — Conseguiremos convencer sua família a parar de jogar homens em você... contanto que fiquemos bem grudados.

Lambendo os lábios, Annie o encarou, viu o calor nos olhos dele e soube que Sean formulara a frase daquele jeito de propósito.

Droga, ele sabia muito bem o que causava nela. Cultivando em sua cabeça pensamentos de noites grudentas, corpos suados e encontros quentes e selvagens sob as estrelas. Fazendo-a se perguntar, talvez fazendo ambos se perguntarem, se a "atuação" deles não seria mais convincente se os dois se conhecessem de fato... fisicamente... antes da viagem.

— Bem, então — disse Sean, sem pressioná-la, provando mais uma vez que era um cavalheiro... ou meramente dono de tanto autocontrole quanto um santo — está tudo combinado. Vamos juntos de carro no sábado. Almoçaremos e passaremos a tarde na fazenda de seus pais, e à noite seguiremos para a cidade para a festa no... Como se chama?

— Hotel dos Alces.

— Ahhh... isso. Depois, passaremos a noite juntos e retornaremos a Chicago na tarde seguinte.

Passaremos a noite juntos. Ai, Deus do céu. Lá estava a palpitação cardíaca outra vez. Isso sem mencionar os mamilos rígidos e a torrente de umidade na calcinha.

Se Sean iria seduzi-la, Annie clamava aos céus para que ele simplesmente o fizesse, assim ela poderia concluir se era fácil o suficiente para dizer sim após conhecê-lo há menos de um dia.

A pessoinha dinâmica no cérebro de Annie, que a tinha empurrado porta afora apesar dos protestos dos familiares, fez vários sinais com os polegares para cima.

Annie retesou-se na cadeira, esforçando-se para manter o tom frio e evasivo:

— Vamos para a parte da noite juntos, mas só porque iremos dormir sob o mesmo teto. E eu estarei mais perto desse teto do que você. Ficarei no meu antigo quarto, no terceiro andar, sob as vigas; você, sem dúvida, estará no quarto de hóspedes no andar principal, à maior distância de mim que meu pai conseguir colocar para garantir que não haja nenhum rala e rola.

Sean riu, aquela risada sensual e genuinamente divertida que soava tão natural quando acompanhada pelo sorriso largo e bem--humorado.

— Rala e rola... Você quer dizer sexo?

Tanto eufemismo à toa.

— Sim.

— Isso significa que você não quer fazer sexo comigo?

Nossa, aquele homem era o que, um sádico? Abrindo o jogo daquele jeito e jogando a responsabilidade sobre o que viria a seguir toda no colo dela?

A maioria dos homens faria uma dessas duas coisas: diria que a desejava naquele momento, assim poderiam deixar a fachada de amantes bem mais realista ou evitaria o assunto como se fosse uma praga, na esperança de incitar a ideia ao longo do fim de semana, e então sugerir uma brincadeirinha rápida de esconde--esconde no palheiro.

Annie não pensou seriamente em uma terceira opção: que, apesar do que tinha dito, Sean não se encontrava de fato interessado nela desse jeito. Annie sabia que sim. Se a atração física fosse uma coisa tangível, os dois estariam enterrados nela até a altura dos cotovelos.

— Annie? O gato comeu sua língua? — Sean a observava, a especulação emanando dele. A expectativa também. Expectativa de verdade.

Ele não estava brincando, mas sim dizendo como as coisas funcionavam; e desejando que ela fizesse o mesmo.

Apesar da sensação de estar na berlinda, Annie tinha que admitir que gostava dessa característica de Sean. Muito. Considerando o mentiroso que Blake se mostrara ser, ver-se atingida pela verdade e nada mais que a verdade por aquele homem era revigorante.

— Não nego a atração — murmurou ela, enfim, encarando os olhos azul-violeta, surpresa com o brilho quase roxo que eles exibiam sob a luz baixa do bar.

Sean continuava a observá-la, sem dizer nada, correndo a ponta de um dedo pela borda do copo. As mãos dele eram elegantes, fortes, mas não como as mãos maltratadas e bronzeadas dos homens do campo que ela conhecia de sua cidade natal. A ideia de tê-lo usando-as em seu corpo fez Annie tremer no banco.

Seria fácil, tão fácil dizer que queria fazer sexo com ele. Poderiam sair dali e chegar à casa dela em quarenta minutos, e à sua cama três minutos depois. Annie não tinha dúvida de que a noite seria incrível. O simples fato de observar as carícias lentas e deliberadas do indicador dele na borda do copo já reiterava isso.

Parte dela dizia-lhe que deveria ir em frente, que ela merecia isso depois do pesadelo com Blake. Por que não deveria agarrar uma aventura sensual quando poderia fazê-lo? Mas outra parte, a maior delas, que não conseguia superar a culpa e a humilhação, nunca permitiria que Annie fizesse algo tão imprudente. De novo.

Pelo menos ele não é casado. Toda a premissa do leilão de solteiros já provava isso. No entanto, Annie ignorava quase tudo a respeito dele, inclusive onde morava de fato. E envolver-se com alguém que ela não conhecia, ir ainda mais longe dessa vez fazendo sexo com um quase desconhecido, estava simplesmente fora de cogitação.

Sabendo que Sean ainda aguardava por uma resposta honesta para a pergunta que fizera, Annie optou por ser o mais sincera possível. Então, encontrando o olhar dele, admitiu:

— Sim, eu quero fazer sexo com você. — A mão dele parou no copo, mas ele se manteve calado, como se soubesse que havia mais a ser dito. — Mas não farei. Eu mal o conheço, e simplesmente não faço essa coisa de sexo com estranhos.

Implacável, Sean ofereceu-lhe um sorriso pretensioso.

— Nesse caso, quanto tempo levará até deixarmos de ser desconhecidos? Segundo encontro? Terceiro?

Homens... Típico. Mas um lado dela não podia evitar se sentir lisonjeado pela determinação dele. Escondendo sua diversão, Annie fingiu pensar no assunto.

— Hum... pelo menos o terceiro.

Sean assentiu e ergueu o dedo indicador, como se fazendo cálculos mentais.

— O três vem logo depois do dois — disse ela, em tom seco.

Sean não parou.

— Eu sei disso, *céadsearc*. Só estou tentando descobrir se conseguimos encaixar três encontros entre hoje e sábado.

— Hoje é apenas terça-feira — disse Annie, não muito certa se deveria rir da brincadeira dele ou sentir arrepios de prazer diante da determinação absoluta de Sean em possuí-la.

— E a noite passada? O fato de termos bebido um drinque juntos conta.

Annie balançou a cabeça e sorriu com doçura.

— Eu não bebi, lembra? A senhorita peitos grandes não me ofereceu uma bebida.

Ele franziu a testa.

— Ah, sim...

— Além disso, não acho que um drinque teria feito a coisa toda virar um encontro de verdade. — Ela estava gostando daquilo, encurralando-o, embora Sean não tivesse percebido aonde Annie pretendia chegar.

Então ele entendeu. Parecendo preocupado, perguntou:

— Este conta, certo?

— Bem, não sei... Não é exatamente um jantar...

Sem um segundo de hesitação, Sean girou, captou o olhar da garçonete e disse:

— Poderia, por favor, nos trazer dois do primeiro prato que estiver listado no cardápio do jantar?

A mulher franziu a testa.

— Não temos um cardápio de jantar. Apenas aperitivos e petiscos.

Retorcendo a boca ao tentar conter um sorriso, Annie murmurou:

— Que pena...

— Traga um de cada do primeiro item, então — solicitou Sean à mulher.

Depois que a garçonete saiu, ele se voltou para Annie.

— É hora do jantar, e, mesmo que seja uma besteirinha, como um pedaço de queijo com biscoito, estou contando qualquer coisa que você colocar na boca.

Pelo jeito como Sean fixou o olhar nos lábios dela, de repente Annie pensou em uma série de coisas que gostaria de colocar ali. A começar pela língua dele. E descendo pelo corpo de Sean até as partes variadas e interessantes que ela não conseguia enxergar por estarem sob a mesa.

— Tudo bem — admitiu ela, o divertimento agora temperado por uma camada bem densa de consciência física. — Este é o número 1.

Assentindo, ele ergueu sua cerveja para um brinde.

— Brilhante. Faltam dois.

Annie levantou sua taça de vinho também, observando Sean por sobre a borda. Imaginando se ele conseguia tolerar um pouco de tortura da mesma forma que era capaz de proporcioná-la, ela murmurou:

— Mas estarei muito ocupada amanhã à noite, e na sexta-feira terei de trabalhar até tarde.

— Quinta-feira, então. — Ele ficou sério. — Deixe-me levá-la para sair, para o jantar íntimo que ofereci no leilão.

— Você não precisa fazer isso, Sean. Sei que o coloquei na berlinda no que diz respeito ao fim de semana. Não espero que também me leve para um restaurante refinado.

— Eu quero levar. — Sean esticou o braço e cobriu a mão dela com a sua. — Se não houver outro motivo, que pelo menos seja pela oportunidade de vê-la usando aquele vestido amarelo bonito outra vez.

Annie ficou encarando as mãos de ambos sobre a mesa de madeira, notando a frieza da pele dele, a elegância dos dedos, as unhas bem-feitas, o relógio caro.

Como Sean conseguia manter tudo aquilo com o salário de paramédico ela não sabia. Ele parecia um rico príncipe estrangeiro.

A julgar por algumas coisas que ele tinha contado sobre sua família, ela teve que se perguntar se Sean seria descendente de um clã endinheirado e apenas havia escolhido fazer algo que ninguém esperava. Da mesma forma que ela.

Então Annie olhou para as próprias roupas — a camisa do uniforme, a marca de baba, a mancha de tinta — e suspirou. Como seria incrível se ela de fato pudesse jogar fora a identidade que usava em Chicago, a garota boazinha e agradável de uma cidade do interior que cuidava dos filhos de pessoas ricas, e se tornar uma companhia compatível para aquele homem mundanamente sensual...

— Diga que sim — insistiu, percebendo a indecisão dela.

— Por favor, Annie. Eu concordei com o fim de semana. O mínimo que você pode fazer é jantar comigo.

Arrumar-se e sair para um lugar especial com Sean soava irresistível. Sobretudo quando ele pedia com aquele tom baixo, íntimo, com o sotaque sexy dando mordiscadas sensuais em cada uma de suas defesas.

— Vamos.

— Está bem — acabou murmurando Annie, perguntando-se se teria tempo para comprar mais um vestido. — Quinta-feira.

Antes que Sean pudesse responder, a comida chegou. Annie o encarou quando levou a quesadilla à boca. Lambendo os lábios, ela mordiscou, e viu o enorme sorriso em resposta. Agora era oficial.

Mas ela não estava pronta para deixá-lo em paz ainda.

— Sean? — sussurrou Annie depois de terminar de comer.

— Sim?

— Você percebe que, se este é o primeiro encontro, e na quinta-feira teremos o segundo... o terceiro será na fazenda, quando estaremos cercados por toda a minha família?

Ele abriu a boca, porém a fechou rápido. Os ombros largos caíram um pouquinho quando Sean se recostou, espiando-a do outro lado da mesa. Murmurou algo, pegou sua cerveja, então notou a centelha no olhar de Annie.

— Danadinha...

— Ei, não me culpe.

Ele não desistiu:

— Até que horas você tem que trabalhar na sexta-feira?

Decifrando-o, Annie respondeu:

— Até tarde. Estarei na creche, cercada por muitos, muitos bebês barulhentos.

Desta vez não houve equívocos em relação às palavras proferidas por ele:

— Que droga!

Capítulo 4

— O papai viu sua foto no site do jornal de Chicago. Você paga repórteres para ficarem estampando sua cara nas colunas sociais só para enfurecê-lo?

A irmã de vinte anos de Sean nem mesmo o cumprimentou quando ele atendeu à sua ligação na tarde de terça-feira. Ela simplesmente foi direto ao assunto, com um tom divertido.

— Olá para você também, Moira.

— Um leilão beneficente de solteiros? Pensei que ele fosse engasgar com os biscoitos esta manhã!

— Papai está bem? — perguntou Sean, preocupado a contragosto.

O velhote era terrível, mas Sean não queria ver o pai doente; apenas que ele admitisse que, só porque tinha fornecido o sêmen que engravidou a mãe de Sean e a tinha subornado para se manter longe da vida do filho, isso não significava que ele era dono de sua mente, seu corpo e sua alma.

— Ele está bem. Tagarelando e resmungando pela casa, perguntando-se por que você ainda não abriu mão desse estilo de vida idiota e voltou para casa para "tomar seu lugar de direito" na família.

— Isso nunca vai acontecer. — Sean passou a mão pelo cabelo, frustrado. Sentou-se na beira da cama, uma monstruosidade king size que só podia ser encontrada nos Estados Unidos mesmo, que dominava o quarto da elegante suíte do hotel. — E eu pensando que ele se daria conta disso depois de todo esse tempo.

— Ah, tenho certeza de que se deu conta, sim... Papai morre de saudade de você. Só que é orgulhoso demais para admitir isso.

Sem dúvida. O pai era antiquado, completamente, e se recusava a admitir derrotas. Sempre.

Sean sabia disso desde sua infância na propriedade da família em County Wicklow. A tradição era tão profunda e sólida quanto as paredes de pedra da casa da família Murphy. O ar entre elas tinha o cheiro dos duzentos anos de história da construção, e carregava o peso de uma responsabilidade que tinha sufocado Sean desde o momento em que atingiu idade suficiente para compreender as palavras "nosso sobrenome".

No entanto, foi só quando completou 21 anos e aprendeu o quanto seu pai poderia ser exigente que percebeu que teria de fugir. Porque naquele aniversário seu pai lhe informou que havia lhe arranjado um casamento.

O pai de Sean e o amigo mais antigo dele tinham combinado uma união entre seus filhos antes mesmo de as ditas crianças darem os primeiros passos, como se fossem um par de reis feudais da Idade das Trevas.

Aquilo ainda o deixava confuso.

— Você acha que papai aprendeu a lição? — perguntou Moira soando quase hesitante. — Quero dizer, farei 21 anos no outono. E o irmão caçula de Maureen, James, continua solteiro.

Maureen era a suposta noiva de Sean, que, ele soube depois, tinha se casado alguns anos antes e estava muito feliz, morando em Galway.

— James era um valentão idiota quando éramos crianças. Papai não faria...

— Droga! Não, não faria! — rebateu Sean. — Ele pode não ser capaz de admitir que foi um teimoso obstinado em relação a mim, mas não é tolo o suficiente para expulsar você também.

Pelo menos, Sean esperava que não.

— Se ele fizer isso... posso morar com você, não posso?

Sean não tinha espaço para uma garota de 21 anos. Nem mesmo uma casa de verdade... Apenas alguns apartamentos em diferentes cidades do mundo, nada que se assemelhasse a estabilidade. E não acreditava ser capaz de fazer Moira feliz. Ao contrário de Sean, que sempre tinha sido louco para sair de casa, sua irmã caçula se sentia nas nuvens quando cavalgava ou socializava com os amigos ali mesmo, em Wicklow.

No entanto, nunca diria não a ela.

— Não vai chegar a esse ponto; mas, sim, Moira. Sempre terei lugar para você, caso precise.

Ela não iria precisar. As pessoas aprendiam com seus erros, não? O pai deles não iria arriscar perder Moira também, não depois que vira Sean abandonar a casa ancestral três dias depois de completar 21 anos. Após dizer ao pai o que ele poderia fazer com o horroroso anel antigo que o filho deveria ter dado à sua "noiva", Sean foi embora.

Nos sete anos seguintes, o pai havia tentado diferentes táticas para fazê-lo retornar à sua influência patriarcal. Tinha usado de ameaças, blefes, notícias falsas sobre sua saúde. Ele até mesmo havia pagado aos jornais para que publicassem um anúncio de noivado, esperando que o constrangimento fizesse Sean voltar para casa.

Sean não cedeu. Ele possuía um pequeno fundo fiduciário no qual o pai não tinha conseguido intervir. Não era uma fortuna, mas o suficiente pelo menos para começar uma vida nova, e era isso o que ele estava determinado a fazer. Queria ver o mundo, explorar, experimentar tudo.

Encontrar sua mãe.

Curioso, pois esse encontro, que era o que seu pai mais temia, foi o que abrandou a atitude de Sean para com ele mais do que qualquer coisa. Ao encontrar sua mãe, Sean compreendeu a verdade.

Sean ouviu de seus lábios que, quando ele era criança, ela não conseguia pensar em nada além de satisfazer seu vício em drogas. Que ela, na época, era um risco para qualquer um ao seu redor; que se deu conta de que o pai de Sean havia feito a coisa certa.

Um dia, Sean diria isso ao seu velho. Se um dia voltasse a vê-lo. Mas, pelo andar da carruagem, isso não aconteceria tão cedo.

— Eu poderia ir agora, Sean. Amo seu apartamento.

— Eu quase nunca fico lá, querida. — Ele disse isso de forma amável, para não magoá-la, mesmo que seu cérebro estivesse entorpecido por essa ideia. — E você seria infeliz na cidade.

Moira havia conhecido o apartamento dele em Londres, embora não fizesse ideia de que ele possuía um em Paris e outro em Nova York.

Isso suscitaria muitas perguntas sobre como Sean conseguia bancar tal estilo de vida. Perguntas às quais ele não se encontrava pronto para responder.

Ele estava bem de vida agora, mas havia enfrentado certa dificuldade no início. No entanto, era muito determinado a ser independente e nunca voltar para casa. E Moira sabia disso.

Vivendo com simplicidade e sendo cuidadoso com seu dinheiro, Sean não tinha precisado do pai. Assim, a tática de fazer ameaças havia sido facilmente contornada.

As ameaças também não o tinham feito mudar de ideia, nem a culpa, nem nenhum senso de dever familiar. Se ele devia algo aos restos mortais das seis gerações no jazigo da família Murphy, eles eram bem-vindos para virem pessoalmente e chamarem-no ao dever. Até lá, Sean não devia nada a ninguém, e não havia nada que seu pai pudesse fazer para que retornasse.

Exceto encenar um problema de saúde.

Sean havia embarcado em um avião para voltar à Irlanda um ano depois de ter ido embora, assim que ficou sabendo do infarto do pai. Então sua irmã adolescente lhe telefonou e disse que era uma farsa, que se ele aparecesse iria entrar na própria festa de noivado.

Velho canalha manipulador!

Aquilo foi a gota d'água, o acontecimento que levou Sean ao limite. A atitude do pai de infernizá-lo fazendo-o pensar que estava à beira da morte apenas para provar seus argumentos sobre as reivindicações de Sean foi completamente ignorada. O incidente fez Sean perceber que, se desejava vida própria, teria que se separar tanto do seu velho que nunca mais haveria como recuar.

E foi isso o que fez. De cidade em cidade. De emprego em emprego. De mulher em mulher.

Começando por Cingapura.

Ao longo do caminho, Sean descobriu algumas outras coisas nas quais era bom, além de entreter mulheres ricas. E superou sua necessidade de chocar o pai e tirá-lo de seu caminho. Se o velho se desse o trabalho de saber a verdade, descobriria que empresas de muitos países contratavam Sean como intérprete, para fechar acordos, negociar e verificar se os costumes locais eram seguidos. Ele era um empresário internacional, pura e simplesmente.

Que seu pai pensasse que ele se prostituía rumo ao seu primeiro milhão. Sean sabia que não era verdade. E não dava a mínima para tentar convencer ninguém mais.

— Então... Por quanto você foi arrematado? — quis saber Moira.

— Cinco mil.

Ela gritou:

— Dólares?!

— Bem, eles não usam euros em Chicago, irmãzinha. — Ele riu, considerando que a surpresa dela não tinha sido pelo fato de o preço ter sido alto, mas por ter sido baixo.

— Você está perdendo seu charme. Decerto ela não sabia que disputava o sr. Misterioso Internacional.

— Sim, sou eu, James Bond. — O sorriso de Sean se alargou quando se lembrou da primeira conversa com Annie.

— Eu estava pensando mais em Austin Powers. — A risada de Moira não teve nenhuma maldade, só um pouco de provocação de irmã caçula. E talvez uma pitada de curiosidade.

Moira não sabia muito sobre a vida de Sean, e era assim que ele queria que fosse.

Felizmente, o pai deles não parecia perceber que Sean desejava proteger Moira da verdade. Esse seria o tipo de chantagem que poderia ter funcionado. Por isso Sean cuidava para que os telefonemas para Moira fossem frequentes, com troca amigável de mensagens e alguns encontros ocasionais fora da cidade, longe dos olhos do pai.

— Como está sua mãe? — perguntou ele, mudando de assunto.

— Rica, infeliz e bebendo martínis ao meio-dia. E a sua?

— Pobre, feliz, limpa e sóbria. — *Finalmente.*

— Isso parece bom. Dinheiro não compra felicidade.

Conhecendo o gosto da irmã por grifes, ele deu risada.

— Não, mas você não duraria um dia sem seu cartão ilimitado.

Nem a madrasta de Sean. Ao passo que sua mãe, que outrora havia se permitido ser subornada para ignorar a existência do único filho por causa de suas escolhas e estilo de vida ruins, agora não aceitaria nem um centavo oferecido por ele, e estava perfeitamente feliz na sua vidinha de artista morta de fome em São Francisco.

Havia uma lição nisso.

Após conversar por mais alguns minutos, Sean se despediu da irmã e desligou. Ao consultar o relógio, enviou um agradecimento mental a Moira pelo telefonema. Pelo menos ela o tinha distraído um pouco.

Mas como iria preencher o restante do dia, aguardando para ver Annie outra vez? O dia anterior tinha sido agitado com reuniões profissionais... apenas assuntos financeiros, nenhum tipo de negociação social. Embora ele pudesse ter encontrado diversas mulheres ávidas por sua companhia nessa viagem, a única que lhe interessava encontrar era a loura sensual que o havia comprado para o fim de semana. A única que ele não iria ver pelas próximas horas.

Sean recostou-se na cama, sabendo muito bem como poderia preencher aquele tempo se ela estivesse ali.

Olhando ao redor, flagrou-se desejando ter ficado em outro hotel, aquele no qual costumava se hospedar quando ia a Chicago, que era mais velho e possuía muito boa reputação. Embora fosse impecável e tivesse decoração de muito bom gosto, aquele quarto era frio e impessoal.

E aquilo na hora o fez pensar em sexo quente e suado.

Sean tinha ido para Chicago por impulso, sendo que já havia visitado a cidade antes, pouco depois da festa de Ano-Novo. Naquela ocasião, havia sido convidado por um amigo que tinha conhecido no Japão.

Esse amigo, Brandon, queria proporcionar à namorada o tipo de fantasia excêntrica que as mulheres muitas vezes confessavam aos sussurros, mas raramente concretizavam.

Uma noite com dois homens.

Sean havia concordado, mas com algumas regras preestabelecidas sobre o quão longe as coisas poderiam ir. Eles foram bem longe, mas não fizeram o trajeto completo. Fato que, ele sentiu, foi um grande alívio para Brandon.

— Melhor que seja você do que eu, meu amigo — murmurou ele.

Porque, embora aquela noite tivesse sido incrivelmente erótica e prazerosa, não havia chance de Sean compartilhar uma mulher que amava com outro homem. Nem mesmo para realizar as fantasias dela, como o canalha egoísta que era.

Sean não dividiria. E a ideia de ver outro homem colocando as mãos em Annie o fazia perder as estribeiras.

— Jesus Cristo, cara, você está ficando doido! — Sentou-se na cama, deixando as pernas para fora. — Mal a conhece...

Por que o nome e o rosto dela lhe vinham à mente e inspiravam tal reação, ele sinceramente não sabia. Nem tinha certeza se gostava disso. Esse tipo de coisa sugeria alguma conexão emocional entre os dois, quando tudo o que Sean possuía era interesse físico.

Então, pare com isso, sussurrou uma vozinha em seu cérebro. Seria sábio recuar agora, antes de tudo ficar mais quente entre eles. Sean não podia deixar Annie na mão no fim de semana... sabia o quanto era importante para ela. Mas e esta noite?

Ele olhou para o relógio. Já passava das quatro da tarde. Se iria mesmo se encontrar com Annie, teria de se mexer. Se não fosse...

Para ser sincero, Sean não conseguia decidir. Mas sabendo que não tinha tempo para ficar enrolando, seguiu para o chuveiro, aproveitando a água quente e o vapor para distrair a cabeça, para poder raciocinar direito.

— Segundo encontro ou não?

A pergunta o fez lembrar-se da conversa deles no bar, na outra noite, do jeito como Annie o manipulara para ter aquele segundo encontro. E, ele tinha esperanças, um terceiro. Deus, Annie se mostrara tão adorável...

Lembranças da risada delicada de Annie, seu sorriso reluzente, o corpo esbelto e gracioso andavam preenchendo a cabeça de Sean desde então. Agora, no entanto, a lembrança mais forte era do cheiro dela. Aquele aroma suave de pêssegos com creme. Ele não sabia se vinha do xampu, do hidratante ou de algum tipo de perfume. De todo modo, toda vez que pensava nele, tinha vontade de prová-la. De saboreá-la como um pedaço de fruta maduro e suculento.

Bem ali, no banheiro luxuoso, seria um bom lugar para começar a fazer tudo o que desejava fazer com ela. Sean adoraria colocar Annie diante de si no chuveiro, apontando os dois jatos de água dos dois chuveiros direto sobre ela.

Sean se curvaria atrás de Annie, o peito grudado às costas dela, o membro aninhado em suas nádegas belas e delicadas, os corpos escorregadios por causa do sabonete. Embora a tensão do momento fosse matá-lo, e ele fosse morrer de vontade de incliná-la para a frente e firmar seus quadris para deslizar para dentro dela por trás, Sean demonstraria autocontrole. Iria devagar.

Ele ensaboaria as mãos, então começaria a lavá-la com delicadeza. Com cuidado. Intimamente. Dando atenção especial ao pescoço, aos lindos seios...

Colocando uma das pernas entre as dela, afastaria as coxas de Annie, expondo a intimidade à corrente de líquido quente jorrando de cima. E então auxiliaria a água em sua busca para lhe dar prazer. Ele recorreria ao seu toque, ao seu hálito quente na pele dela, aos sussurros abafados dizendo o quanto a desejava, para levar os níveis de excitação de Annie a um estado febril.

— Deus, sim... — gemeu ele percebendo que já estava lá.

O corpo de Sean reagiu aos pensamentos acalorados e à carícia da própria mão enquanto ele se lavava.

Sabendo que não desistiria em hipótese alguma da oportunidade de vê-la naquela noite, para terem o segundo encontro e se aproximarem mais ainda do terceiro e mais importante, Sean entregou-se.

À fantasia, à sensação, à expectativa.

Sua mente foi preenchida por imagens de Annie com a cabeça jogada para trás enquanto ele lhe dava prazer. Os seios com mamilos rosados arqueando-se para a boca dele. Era a mão dela em seu membro, apertando com vontade, acariciando-o rumo à loucura.

Era o toque dela levando-o cada vez mais alto.

E então a mente dele evocou o perfume de pêssego.

Apoiando um braço na parede escorregadia de azulejos, Sean fez pressão contra o próprio punho, praticamente sentindo o corpo apertado de Annie envolvendo-o, drenando-o de pensamentos e sensações. Até que finalmente todos os músculos enrijeceram. Um zunido de calor correu por suas veias, e Sean chegou ao ápice com um gemido suave de prazer.

Era o suficiente por enquanto. Mas não dava nem para começar a comparar, ele sabia, ao que o aguardava quando fizesse amor com Annie Davis.

O que significava que a resposta ao segundo encontro era "sim".

Annie não precisou ir ao shopping para comprar um vestido. Não era uma pessoa excessivamente preocupada com roupas, e raramente tinha ocasiões para usar trajes mais vistosos. Mas isso não significava que não fazia o mesmo que toda mulher sempre que chegava o período de troca de coleção nas lojas: comprar um tubinho preto, quando encontrava um do tamanho certo.

Ela havia se esquecido daquelas roupas que tinha guardado no fundo do closet nos últimos anos. Havia não apenas vestidos pretos, mas vermelhos e azul-escuros também. Todos ainda com etiqueta.

Mas não optou por usar um deles. Porque Annie tinha um problema. E não sabia se Sean iria levá-la a um lugar que requeresse um tubinho básico.

De acordo com as informações que tinha acabado de receber, um bom jeans e um boné de beisebol poderiam ser mais apropriados.

— Você é tão contraditório — murmurou ela, olhando para a foto de Sean no panfleto liso do leilão de segunda-feira.

Annie havia pegado o livreto de programação no painel da minivan quando foi do trabalho para casa, tirando do caminho o conteúdo de sempre: garrafas vazias, chocalho, chupeta reserva, cobertor. Com esperança de descobrir o nome do restaurante onde jantariam, e assim poder escolher o que vestir, ela leu o parágrafo sob a foto dele. E ficou completamente confusa.

— Assistir a um jogo local em Wringley — leu Annie outra vez. — Seguido por asinhas de frango e cerveja em um bar.

Aquilo não se parecia nada com o tipo de jantar que tinha imaginado. Sean havia mencionado o vestido amarelo especificamente, e até mesmo o mais sem noção dos homens — o que ele não era — saberia que uma mulher não usaria algo daquele tipo para ir a um jogo de beisebol.

Wally, esparramado em sua posição favorita e não-tão-felina no sofá, levantou a cabeça para ver se Annie falava com ele. Não que costumasse prestar atenção; só se tivesse comida envolvida.

— Volte a dormir, rapazinho. Melhor ainda: vá até o meu quarto e fique lá, assim você não será malvado com Sean.

O gato a ignorou. Wally não era a mais amigável das criaturas.

Quando o irmão de Annie, Jed, foi visitá-la, o gato desdenhoso fez xixi nos sapatos dele.

Imaginando as terríveis possibilidades, Annie pegou Wally e o levou para o quarto, carregando o panfleto também. Agora que tinha visto a foto de novo, seus olhos continuavam voltando a ela, reconhecendo que, sim, realmente iria a um encontro com aquele homem incrível.

Rendendo-se a um impulso repentino, Annie arrancou a página de Sean do programa; assim poderia guardá-la. Lógico que estava canalizando seu lado adolescente. Porque se ela desenhasse coraçõezinhos ao redor do rosto dele e escrevesse "Sean ama Annie" com uma letra cursiva e pontudinha, iria ficar bem parecido com a obra de arte que decorava as paredes de seu quarto quando tinha doze anos.

— Maluca! — Annie riu de si pela bobagem.

Tara teria um motivo e tanto para zombar se visse isso.

Percebendo que estava perdendo tempo, Annie tomou banho, aplicou uma maquiagem discreta e deixou o cabelo solto.

Mas isso não resolveu o problema das roupas. Foi por esse motivo que, quando ouviu uma batida na porta do apartamento às sete horas, vestia nada além de calcinha e sutiã sob um curto robe azul de seda.

Quando atendeu e viu Sean parado na penumbra, com um terno escuro sob medida, soube que deveria ter escolhido um vestido.

— Deus do céu, mulher! Você está tentando me matar aqui?

Ele ficou encarando-a da porta, os olhos semicerrados quando notou o imenso decote em V no robe e a tira apertada em volta da cintura. Annie quase conseguia enxergar a avidez que o tomava, como uma onda de água quente, quando Sean entreabriu os lábios e suspirou de forma audível.

— Vamos comer um pedaço de pizza — sugeriu Sean. — Chamaremos isso de encontro número 2, e eu voltarei dentro de uma hora para nosso terceiro encontro.

Pizza não era uma comida que alguém associaria a um homem com a aparência dele. Não naquela noite pelo menos.

O cabelo longo e escuro estava preso em um rabo de cavalo curto; o rosto áspero, recém-barbeado. O paletó impecavelmente ajustado realçava os ombros largos, as cores chamativas da gravata eram muito estilosas. A calça deslizava sobre os quadris estreitos, e Annie apostava que os sapatos eram italianos.

E ele era um paramédico? Nossa... Sean poderia estar nas páginas de uma revista com estrelas de Hollywood.

Annie não conseguia evitar pensar que qualquer ambulância da qual ele saísse durante um resgate só poderia estar em um set de filmagens.

Ela realmente precisava perguntar onde ele trabalhava.

Onde quer que fosse, não combinava com pizza. Com caviar, talvez, embora Annie nunca houvesse provado e não tivesse vontade de fazê-lo.

— Ou você mudou de ideia sobre aquele requisito do terceiro encontro? — perguntou ele, soando cheio de esperança quando entrou.

Annie fechou a porta e olhou para ele, com uma vontade repentina de ficar na ponta dos pés e mordiscar aquele brinquinho dourado em sua orelha.

— Não foi de propósito. Eu não tinha certeza do que deveria vestir. — A voz de Annie saiu trêmula, a atenção ainda naquela pequena joia de ouro. Não tinha dúvida nenhuma de que, se mordiscasse, ele a faria se deitar em dois minutos.

Então dê uma mordidinha.

— Por favor, não me diga que você é uma daquelas mulheres.

— *Daquelas mulheres*?

— Quero dizer, não vou ter que ficar aqui durante uma hora enquanto você experimenta tudo no seu armário e fica pedindo minha opinião, certo? — Com a expressão predatória, de súbito, Sean acrescentou: — Embora, é claro, se você quisesse minha opinião sobre o que usar sob o vestido, eu ficaria feliz em ajudar.

Hum... Tentador. Principalmente porque ela estava usando um sutiã cor de pêssego com calcinha combinando que deixava sua pele reluzente.

Esqueça. Você está sendo cautelosa agora, lembra? Três encontros não são muita coisa, dá para esperar.

Sim, sim. A mulher que havia pouco tinha sido nocauteada pelo romance sabia que a vozinha de advertência tinha razão.

E a outra, que estava sem um amante havia um ano, e naquele momento olhava para o homem mais sexy do planeta, dizia: "Dane-se."

Ainda mais porque Annie sabia que Sean estaria por perto no fim de semana. E então iria embora, de volta para... qualquer que fosse o lugar.

Saindo da vida dela tão rápida e decididamente quanto entrara.

Aquela percepção a alfinetou, atingindo-a com força em algum lugar bem no fundo, no ponto que não deveria já estar afetado por um quase desconhecido.

Então faça. Fique com ele enquanto tem a oportunidade.

Deus, era tentador. E se não fosse pela experiência recente com Blake, Annie poderia muito bem tê-lo feito. Mas, como tivera a tal experiência, ela simplesmente não podia.

— Acho que posso dar um jeito. Vou me vestir rápido, e poderemos ir.

Sean não prestava atenção. O olhar baixado, o queixo cerrado e os ombros rijos informavam a Annie que ele, sem dúvida, tinha sido afetado pelo que via.

Ao olhar para baixo ela entendeu o motivo. A boca podia até ter dito que precisavam ir, mas as mãos de Annie não entenderam o recado. Porque elas haviam soltado o decote do robe. O tecido sedoso estava aberto, aprofundando o V. Agora o decote ia até o cinto frouxo na cintura, revelando o sutiã... e um bom pedaço de pele.

— Pêssego — sussurrou ele. — Minha nova cor favorita.

Sean a encarava com tamanho desejo cru, com tamanha intensidade masculina, que Annie não sabia se deveria sentir-se atraída e dar um passo adiante ou intimidada e dar um passo para trás.

Ela não estava acostumada com isso. Annie Davis, a babá honrada, não era do tipo que inspirava o desejo tão genuíno que enxergava nos olhos daquele homem. E ao mesmo tempo em que a empolgava, também a amedrontava. Porque todos os seus protestos sobre ser cautelosa e ir com calma viam-se prestes a voar pela janela.

— Eu preciso provar você — afirmou Sean.

E lá estavam os dois.

Sean eliminou o espaço entre eles sem mais nenhuma palavra, e foi direto à boca de Annie, capturando seus lábios, a língua investindo rápida e profundamente.

Tremendo de prazer, Annie ergueu os braços para envolver o pescoço dele, e inclinou a cabeça querendo mais. Mais calor, mais investidas intensas, mais sensação.

As mãos fortes e grandes abriram bem o robe, assim ele poderia acariciar a cintura dela. Os dedos de Sean deslizaram pelo corpo feminino, roçando na barriga, e então contornando para chegar aos quadris. Ele a puxou para si, até Annie ser capaz de sentir a ponta grande e rija da ereção pressionando-a.

Um desejo puro e concentrado a inundou. A calcinha ficou molhada, e Annie se arqueou com maior intensidade de encontro a ele, desesperada por mais.

— Sean... — Annie gemeu de encontro à boca dele.

Ele lhe beijou o queixo e foi descendo, lambendo, provando, até mesmo mordiscando um pouco quando alcançou o pescoço. Cada toque trazia mais um calafrio, cada sabor enviava uma nova emoção, até as pernas de Annie tremerem.

— Tenho sonhado com pêssegos — admitiu ele, sempre descendo com os beijos. Incitando-a gentilmente até a parte traseira das pernas de Annie tocarem a beira do sofá, Sean deitou-a sobre o braço do móvel. — Deixe-me descobrir o quanto você é doce.

A ideia de recusá-lo era ridícula. Annie desejava os lábios dele em uns cem pontos de seu corpo... seguidos por mais outros cem.

— Por favor, faça — sussurrou ela, contorcendo os ombros para fazer o robe cair. Jogou-o longe, então levou as mãos ao cabelo de Sean, enredando os dedos nas mechas negras.

Sean inclinou-se para acariciar a fenda entre os seios, inspirando pesadamente, como se quisesse inalá-la. A pele de Annie franziu, os mamilos enrijeceram de encontro à renda do sutiã. Notando isso, Sean roçou o rosto na ponta de um deles, ao mesmo tempo em que corria o dedo ao longo do volume do outro.

Ela se arqueou para o toque dele, desejando mais do que a carícia provocadoramente leve que Sean lhe oferecia. Como se percebendo isso, Sean aumentou a tensão ainda mais, brincando com ela, indo para a frente e para trás para soprar sobre os mamilos através do tecido, até Annie começar a se contorcer.

E ela se contorceu tanto que caiu no sofá.

— Não vá sem mim — disse ele com uma risada quando foi até ela, ajoelhando-se no chão diante de Annie.

— Não irei a lugar nenhum sem você — garantiu ela, permitindo a ele ouvir a insinuação em suas palavras.

— Não sei, amor. — Sean voltou os lábios ao corpo de Annie, agora provando a pele vulnerável abaixo dos seios. — Eu gostaria de ver até onde posso fazê-la ir.

Então ele começou a descobrir. Sean abaixou a alça do sutiã, beijando cada centímetro do seio enquanto o revelava. Annie era um feixe vívido de terminações nervosas, aguardando pelo toque que mais ansiava, e, quando Sean o ofereceu, cobrindo o mamilo com a boca, ela gemeu.

Ele inspirou e sugou com intensidade até Annie sentir a umidade aumentar entre as pernas. Revelando o outro seio, Sean brincou com o pico rígido, o toque dos dedos quase tão gostoso quanto o da boca.

Por fim, depois de enlouquecê-la com a atenção dispensada aos seios, Sean foi até a região do estômago, beijando a barriga, saboreando o umbigo. Ele desceu ainda mais, até os lábios roçarem o elástico da calcinha e as arfadas quentes pressionarem o tecido sedoso, bem nos lábios íntimos de Annie.

Estavam chegando a um ponto sem volta. Bem, na verdade talvez já tivessem passado dele. E Annie estava absolutamente desesperada para que Sean arrancasse o tecido com os dentes e mergulhasse dentro dela como um homem faminto faria em um bufê.

Em vez disso, ele a surpreendeu voltando a beijá-la corpo acima. Chegando ao rosto, Sean roçou a boca na dela e passou a mão em seu cabelo.

— Segundo encontro... Segunda base, certo? — Annie deixou escapar uma arfada trêmula.

— Não me lembro de todas as bases... mas acho que já estávamos passando da segunda e correndo para a terceira aqui.

— Sou irlandês. O que entendo de beisebol?

Sean tornou a beijá-la, com tanta ternura que Annie soube que ele estava prestes a se levantar e dar fim ao interlúdio. Meio que querendo abençoá-lo por ter forças para defender as convicções dela, quando Annie obviamente não o tinha feito, ela também queria agarrá-lo pelo cabelo e fazê-lo se abaixar de novo.

— Annie... — murmurou Sean quando começou a se erguer. — Eu não vim aqui para seduzi-la e fazê-la mudar de ideia. Deixe-me levá-la para sair e vamos nos manter firmes em nosso acordo. — Segurando-lhe a mão, acrescentou: — Apenas prepare-se. Quando eu a trouxer de volta no domingo, depois do nosso terceiro encontro na casa dos seus pais, ficarei aqui durante muitas horas.

As palavras dele não foram apenas uma afirmação, mas uma promessa, enfatizada pelo meio-sorriso sensual. Aquilo não fez o desejo entre as coxas dela ir embora, mas aliviou o entorpecimento na cabeça, que tinha começado no instante em que ela percebeu que ele iria parar tudo.

Annie não conseguia pensar no que iria acontecer depois de domingo. Para onde Sean iria, se ela um dia voltaria a ter notícias dele.

Aquilo iria acabar transformando o latejar nos seus olhos em uma enxaqueca.

— Agora, vá se vestir.

— Certo. — E Annie deixou que Sean a ajudasse a se levantar.

Ele fixou o olhar nos seios nus, o calor neles fazendo o coração de Annie parar e quase fazendo-a desmoronar de volta ao sofá. Então ele pegou o robe e o entregou a ela.

Droga.

— Sei muito bem o que vou vestir — sussurrou Annie quando ajeitou o sutiã e vestiu o roupão. Com esperança de não ter parecido tão completamente excitada quanto se sentia, forçou um sorriso. —Voltarei em um minuto.

Ele ergueu as sobrancelhas.

— Quer dizer que o lance de atender a porta só de robe não era mesmo necessário?

— Ah, foi necessário — disse ela por sobre o ombro ao cruzar a pequena sala de estar. — Eu estava em dúvida se iríamos ao lugar que você citou no programa do leilão ou a um bom restaurante. Precisava apenas esperar para ver como você estava vestido antes de ter certeza.

— Que programa? — perguntou ele.

Mas Annie não se virou para responder. Foi preciso reunir grande determinação para se afastar dele, como se tivesse voltado ao normal tão fácil e rapidamente quanto Sean. Ela não estava a fim de tentar dialogar com suas pernas parecendo dois montes de elásticos, sem força ou forma.

Abrindo e fechando a porta do quarto, Annie recostou-se nela, aproveitando a oportunidade para respirar fundo, ofegante.

Levou cerca de um minuto, mas os batimentos cardíacos enfim voltaram ao normal. Uma vez calma, Annie foi ágil. Pegou a escova, ajeitou o cabelo, então retocou a maquiagem.

— Elegante — disse ao reflexo no espelho, pesando um pouco mais na sombra dos olhos.

Para um jogo de beisebol, o bege clarinho estaria bom. Um restaurante à meia-luz pedia algo mais dramático. Pelo menos o mais dramático que ela conseguisse fazer em sessenta segundos.

Terminou de se arrumar, escolhendo o vestido vermelho-escuro e reluzente. Embora costumasse preferir cores primaveris, mais claras, esta noite ela queria se destacar, ficar tão vívida quanto uma chama. Parecer alguém que deveria estar nos braços de um homem tão lindo quanto Sean.

Lembrando-se da confusão na voz de Sean quando ele lhe perguntou sobre o programa, Annie agarrou a página que havia arrancado. O comentário sobre beisebol que ele fizera alguns minutos atrás, não a insinuação sexual, mas o jogo de verdade, a fez se perguntar por que ele ofereceria um encontro em um jogo dos Cubs. Parecia tão esquisito.

Algo não se encaixava. Com a intenção de perguntar-lhe a respeito durante o jantar, Annie dobrou a página cuidadosamente e a enfiou na bolsa.

Quando retornou à sala, cinco minutos depois, estava vestida, com a pulsação de volta ao normal. E trocara a calcinha, que agora se achava bem seca.

Contudo, se a calcinha permanecesse daquele jeito durante a noite toda, Annie ficaria espantadíssima.

— Certo, eu... — As palavras morreram assim que ela notou Sean segurando alguma coisa encolhidinha feito um bebê.

Era Wally. E ele estava ronronando. O susto a deixou de queixo caído.

—Você o dopou. Como naquele filme *Quem vai ficar com Mary?*. Ele nunca é tão amigável assim.

— Está brincando? Ele é um molengão. — Sean acariciou sob o queixo do gato, e Wally esfregou a cabecinha peluda nas mãos dele.

Mãos muito talentosas, conforme Annie sabia bem.

Talvez não fosse tão esquisito o fato de Wally ser legal com alguém pela primeira vez. As mãos de Sean eram capazes de fazer uma mulher adulta ronronar... por que não um gato?

Afastando as lembranças daquelas mãos em seu corpo, ela disse:

— Ele também solta muito pelo. Seu casaco vai ficar um desastre.

Dando de ombros, Sean colocou o gato no sofá, então começou a catar os pelos do casaco antes imaculado.

Afastando as mãos de Sean, Annie limpou para ele, de repente se dando conta da intimidade aconchegante embutida em tal ato. Como se fossem um casal, saindo para um encontro corriqueiro.

Foi... bom.

Um pouco confusa e sentindo-se estranha de repente, ela deu um passo para trás.

— Assim está melhor. Acho que estamos prontos.

Ele a fitou de cima a baixo.

— Não sabia que mulheres eram capazes de se arrumar tão depressa.

— Eu não deveria ser. Não costumo usar roupas neste estilo, mas sou perita em trocar de blusa para substituir aquela que ficou suja com leite ou sopa de ervilhas.

Ele sorriu.

— Faz parte.

— Sim. Mas é bom fazer algo diferente. Agora, pelo menos, se minha mãe perguntar se você me levou a algum lugar especial, poderei responder sinceramente que sim.

O sorriso dele desapareceu, e ela se arrependeu de imediato por tê-lo lembrado do modo como se conheceram e por que estavam juntos. Tanto esforço para parecer um casal normal. Tinha sido adorável fingir por um momento, mas não era verdade.

Talvez devesse ser lembrada disso. Annie precisava ter em mente que se tivessem ou não um "terceiro encontro" oficial, e tudo o que isso implicava, aquilo não iria dar em nada. Como poderia?

Ela não sabia quase nada a respeito daquele homem. Nem onde ele morava, onde trabalhava. Nem para onde iria depois do fim de semana. Ela só sabia como Sean a afetava.

Isso não é o suficiente?, sussurrou aquela temerária voz interior.

Um caso com um homem lindo deveria ser o que um terapeuta do sexo teria receitado depois do fiasco com Blake.

Definitivamente algo a se considerar.

— Você tem comentado com sua família sobre seu novo namorado?

Annie virou a cabeça para trás, perguntando-se se ele teria visto a culpa em seus olhos. Ela passou a olhar ao redor, procurando por algum sinal revelador de que estivera namorando alguém recentemente. Blake tinha ido ao apartamento dela apenas algumas vezes, então Annie não fazia ideia do que poderia ser.

— Porque imagino que eles pensem que seja alguém especial, já que você o levará para um evento familiar desse porte. — completou Sean.

Claro. Ele não estava desconfiado, apenas fazendo uma pergunta natural.

— Ah... sim.

— Eu tenho um nome? — Ele soou resignado. — Por favor, diga que não é algo estúpido como Pierce ou Todd.

— Blake — sussurrou ela.

— Credo!

— Não dei nenhum detalhe sobre visual, personalidade, idade ou coisa assim — acrescentou ela. — Eles apenas sabem... ou melhor... creem que tenho saído com alguém.

E graças a Deus por isso. Talvez não ter contado nada à família sobre Blake, incluindo o fato de ele ter um filho, tivesse sido um indicativo de que, lá no fundo, Annie sabia que havia algo de errado naquele relacionamento. O mesmo instinto decerto a tinha impedido de fazer sexo com ele.

Então talvez devesse dar um crédito aos seus instintos. Eles já a haviam auxiliado bem pelo menos.

— Eu deveria saber, considerando o tanto que você resmungava no leilão.

Annie havia se esquecido disso.

— Tudo bem, acho que podemos resolver tudo. Mas, ah, mulher, você se colocou numa posição para seus irmãos a perturbarem. Por que escolheu um nome tão boboca?

Annie mordeu o lábio, impedindo uma risada breve. Como adoraria ver a expressão de Blake se ele ouvisse tais palavras saindo da boca daquele homem incrivelmente lindo...

Não. Na verdade, ela não adoraria. Annie não queria nunca mais ver o sujeito, nunca mais tornar a pensar nele ou ao menos se lembrar de que alguma vez tinha se permitido acreditar estar apaixonada por Blake.

Ele era passado. Quem poderia fazer parte do futuro dela, Annie não saberia dizer. Mas, durante o presente, durante o fim de semana, havia apenas Sean.

— Só um lapso de julgamento — admitiu Annie baixinho, tanto para ele quanto para si. — Foi um erro simples, um que preciso esquecer.

Começando agora.

Capítulo 5

Sean costumava pegar táxis quando estava em Chicago. Porém, já que queria oferecer a Annie o pacote completo do "encontro do leilão", havia contratado uma limusine para a noite. Quando saíram do prédio e ela viu o veículo preto, longo e reluzente parado no meio-fio, arregalou os olhos de satisfação.

— Obrigada — murmurou quando ele a guiou até a porta, onde o motorista aguardava. — Você investiu muito nesta noite, sendo que não precisava. Tenho certeza de que gastou demais.

Claro que ele podia bancar, mas não fez comentários. Annie não havia lhe perguntado sobre seu emprego, sobre como vivia, sobre seu sustento. E Sean queria manter as coisas assim por um pouco mais de tempo.

— Quem disse que não precisava? Você gastou bastante dinheiro no leilão…

— Pelo fim de semana — esclareceu ela ao entrarem no veículo. Annie deslizou pelo banco de couro, abrindo espaço para Sean sentar-se ao lado. Quando o fez, suas pernas longas e esbeltas roçaram a dele, e Sean precisou afastar o olhar com muita força de vontade. Mal ouviu quando ela continuou: — E você está me reembolsando ao ajudar com minha família. — Annie acenou, gesticulando para o interior do carro: — Isto... definitivamente está além e acima do seu dever.

Com um sorriso lascivo, ele indagou:

— Isto significa que você quer voltar lá para cima e me oferecer um pedaço de pizza pelo encontro número 2?

Rindo baixinho, ela balançou a cabeça.

— Nem sonhando.

Durante o trajeto até o restaurante, Annie observou cada centímetro do carro, espiando o minibar, tamborilando as unhas na borda de um copo para testar a qualidade do cristal. Não foi tão longe fazendo coisas como abrir o teto solar e por a cabeça para fora, mas, por outro lado, decidiu aproveitar cada peculiaridade de um passeio de limusine. Sean suspeitava que Annie nunca havia entrado em uma.

Ele também não era bem do tipo limusine. Preferia táxis para circular nas cidades que visitava, ou o próprio carro quando estava na cidade natal. Mas era divertido observá-la. Considerando o apartamento pequeno, as roupas simples, as joias discretas e a criação boa e digna, desconfiava que Annie não se rendesse a luxos muito frequentemente.

Sean gostava de mimá-la. E se sentia feliz por se encontrar em posição de fazer isso.

Lógico que não tinha sido sempre daquele jeito.

Sean havia crescido em uma família com dinheiro. Embora seu pai não fosse adepto de mimos ao filho e herdeiro, nunca havia lhe faltado nada.

Quando ele foi viver sozinho, no entanto, as coisas mudaram. Sean não chegou a ficar zerado, mas o fundo fiduciário que sua avó paterna tinha lhe deixado não dava para muita coisa. Ele o administrou bem por esse período, vivendo no estilo estudante-morto-de--fome, morando em albergues, viajando como mochileiro, enquanto tentava descobrir o que desejava fazer da vida. Ainda assim, sua reserva financeira foi ficando cada vez menor.

Então ele descobriu sua habilidade: seduzir as pessoas e selar acordos. E começou a fazer dinheiro de verdade.

E nunca mais olhou para trás.

— Bem... Aonde estamos indo?

Sean informou o nome do restaurante, o qual Annie não conhecia. Aquilo não o surpreendeu. Ele não a estava levando a um dos restaurantes típicos conhecidos na cidade. Era o tipo de lugar que apenas os locais frequentavam, considerando que ficava no topo de um condomínio fechado de arranha-céus. Sean tinha conhecido o estabelecimento durante sua visita anterior à cidade, e sabia que sua localização perto da água e a comida fabulosa eram perfeitos para a ocasião.

Por melhor que fosse o restaurante, porém, Sean tinha um arrependimento sobre sua localização. Não era muito longe, o que significava que o passeio íntimo de carro iria ser bem rápido. Então ele não podia nem mesmo pensar em tentar apresentá-la a uma das maiores vantagens de se ter um motorista: sexo quente no automóvel.

Segundo encontro, lembra?

— Eu poderia muito bem me acostumar com isto — disse ela, enfim, afundando no banco, fechando os olhos.

Os cílios longos esbarraram no rosto, e de repente Sean teve o ímpeto de beijá-la ali, de roçar os lábios naquelas pálpebras fechadas, e então seguir pela têmpora e depois pelos frágeis lóbulos das orelhas.

Ele resistiu. Os dois tinham uma noite inteira pela frente, e então um fim de semana inteiro cercados pela família dela. Precisava se controlar... controlar o desejo que corria dentro dele desde que tinha colocado os olhos em Annie na noite de segunda-feira. Para um homem acostumado a agir devagar, prevendo e saboreando as melhores coisas da vida, seu desejo por ela era enlouquecedor.

Quando chegaram ao restaurante, Sean deu uma gorjeta ao maître para que ele lhe desse a mesa que desejava. Era uma bem privativa, em um nicho ao lado das janelas que davam vista para o lago abaixo. A água verde-opaca parecia cristalina daquela altura e brilhava sob os últimos raios do sol poente.

— Lindo — murmurou Annie.

Annie era. A vista também era boa.

— Dá para ficar olhando para sempre. É difícil acreditar que o oceano seja mais do que isso. Não que eu já tenha visto.

Ele ergueu uma sobrancelha.

—Você não quer dizer...

— Não. Eu nunca vi. — Annie enrijeceu o queixo. — Mas pretendo ver. Na verdade, pretendo conhecer todos eles.

Seria interessante, considerando a temperatura do Ártico. Mas Sean havia notado o tom resoluto de Annie e não queria discutir com ela. Aquela mulher com rosto doce e delicado era bem determinada. Ela já tinha mostrado até onde poderia ir para conseguir o que queria... como um fim de semana com ele.

Ainda assim, a ideia de que Annie nunca havia viajado para nenhum lado da costa do próprio país o surpreendeu. Talvez porque a extensão do país de onde vinha pudesse ser percorrida em um único dia.

Ou talvez porque fosse difícil para Sean enxergá-la naquele universo. Como aquela mulher determinada, que tinha ido atrás do que desejava com tanto afinco, poderia ter vindo de uma família que nem mesmo havia notado sua avidez por algo mais?

Sean ainda estava incrédulo com aquilo quando o garçom trouxe o vinho que ele tinha pedido. Quando o provou, fazendo o típico ritual da abertura do vinho com o garçom de smoking, ele notou que Annie o observava com atenção, com a testa levemente franzida.

— O que foi? — quis saber Sean quando ficaram sozinhos novamente.

— Nada. — Ela balançou a cabeça devagar, então admitiu: — É só que... Não sei como vai ser este fim de semana.

— Porque somos quase estranhos e temos que fingir estarmos intimamente envolvidos?

Ela corou um pouco, e Sean soube que Annie estava pensando na intimidade que ambos haviam compartilhado no apartamento.

— Certo. Então estamos intimamente envolvidos — cedeu ele. Embora não íntimos o suficiente. Mas não nos conhecemos há muito tempo.

— E você é muito diferente.

Como ele estava pensando exatamente na criação dela, soube aonde Annie queria chegar.

— Você diz diferente da sua família? — Ela assentiu. — Está dizendo que não sou exatamente o tipo para se "levar em casa para conhecer os pais"?

Ela fez que não.

— Eu não deveria ter dito nada. Vai dar certo. Mesmo que você não seja o que eu esperava.

— O que você esperava?

Annie ergueu a taça de vinho, bebeu um gole, arqueou uma sobrancelha demonstrando ter gostado, e respondeu:

— Não um irlandês, para começo de conversa. Pela sua biografia, pensei que eu estaria levando um sujeito bonzinho e trabalhador de um bairro de classe operária que cresceu assistindo *Plantão médico* e resolveu se tornar paramédico.

— Um o quê?

Ela o encarou, intrigada.

— Um paramédico. É isso o que você é, certo? Ou usei a terminologia errada? Você é um técnico em emergências médicas.

— Annie, não faço a menor ideia do que você está falando.

Hesitando por um instante, como se estivesse se certificando de que o choque era genuíno, ela pegou a bolsa e sacou um pedaço de papel dobrado.

— Peguei isto mais cedo. Tive a sensação de que tinha algo de estranho aí. Leia você mesmo. — Annie entregou a página a ele. — Não diz nada sobre você ser irlandês... só que é um paramédico.

Sean pegou a página, lendo-a com atenção, e balançou a cabeça em total perplexidade. As palavras sob a foto não faziam sentido algum.

— Este não sou eu.

— É você — insistiu ela.

— Refiro-me à descrição. Não sou este homem. — Incapaz de descobrir o que estava acontecendo, Sean franziu a testa.

— Sei que enviei as informações corretas, de que sou um... — Como foi mesmo que intitulou-se? — Um empresário itinerante internacional.

Annie arregalou os olhos e puxou a página das mãos dele. Virou a folha, avaliou as palavras sob a foto do Solteiro Número 19 e disse:

— A-há! Foi isto o que você escreveu?

Sean leu a biografia. Empresário europeu. Mundano. Ama viajar, mulheres e se divertir. Sim, aquilo parecia mais com o texto dele.

Afinal, colocar "acompanhante para mulheres ricas" não soaria bem.

"Consultor para acordos complicados para empresas internacionais" também não. Assim, Sean tinha exagerado um pouco nos adjetivos que pudessem ter um apelo para um solteiro num leilão.

— Sim, foi. Alguém obviamente trocou as biografias. — Sean deu um sorrisinho quando viu a foto acima da sua biografia. —

Imagino o quanto esse tal Jake gostou de ter sido confundido com um... comigo.

— Vamos apenas ter esperança de que a mulher que desembolsou 25 mil não estivesse louca por um cara com sotaque.

Sean ficou em silêncio por um instante, pensando; então, de repente riu alto. Deus do céu, as mulheres que deram lances frenéticos por causa do paramédico descontraído... Seria possível que tivessem recebido uma dica sobre o que procurar na biografia de Sean, e foi por isso que impulsionaram tanto o valor de uma figura?

Se tivesse sido assim, ele realmente se sentia mal pelo outro rapaz. Nossa, teria que dar boas explicações para a mulher que desembolsou um dinheiro absurdo para estar com ele.

Sean, no entanto, não tinha tais preocupações. Annie havia pagado por ele considerando apenas as razões que ela já tinha revelado. O que era bastante honesto e revigorante, considerando as relações que ele havia tido com as mulheres nos últimos anos.

— Bem, sendo assim, agora não me sinto tão mal por ter sido superado no valor.

Annie bebericou seu vinho outra vez, os olhos azuis brilhando sob a luz fraca. O sol havia se posto, o interior do restaurante ia rumo à penumbra e à luz das velas. A tremulação dourada da chama captava as luzes do cabelo louro longo e destacava a fragilidade do maxilar dela, a esbeltez de seu pescoço.

Ela era completamente, totalmente feminina. Cada centímetro era delicado e definido com perfeição. E tão perto de se tornar dele, que Sean quase era capaz de sentir o gosto dela.

Pêssegos.

— Sabe... — Annie interrompeu-lhe os pensamentos preguiçosos e famintos. — Não consigo evitar me perguntar como tudo teria sido diferente se o programa do leilão não estivesse errado.

Ah, ela não fazia ideia.

— Eu também.

— Fiquei genuinamente atraída por sua foto, mas sua biografia real poderia ter feito com que eu tivesse me esforçado mais por um dos sujeitos leiloados antes... o cara bonzinho, os tipos heroicos.

— Está dizendo que não sou um cara bonzinho?

Quando ela engasgou de vergonha, Sean riu, informando que não estava falando sério.

— Estou brincando. Entendi o que você quis dizer.

Annie deu-lhe uma olhadinha, lembrando-o de como reagia a provocações. Então prosseguiu:

— Quero dizer, um nativo paramédico na certa teria marcado pontos com minha família. Não acho que eu teria lido sobre um empresário internacional que ama mulheres e o consideraria um par adequado para uma administradora de creche com sardas no nariz e nascida em Green Springs, Illinois.

Sean ficou calado por um segundo, sabendo que ela não buscava elogios. Simplesmente estava sendo aberta e honesta... do único jeito que parecia saber ser.

E ele não poderia ser menos do que isso também.

— E que perda teria sido — murmurou Sean, a sinceridade exalando de cada fibra do seu ser.

Annie lambeu os lábios, silenciando, como se estivesse reproduzindo as palavras dele. Ouvindo, também, aquelas não ditas.

Que Sean se sentia feliz por terem se conhecido, feliz por ela o ter escolhido. E muito ansioso para ver o que viria a seguir.

Todos aqueles mesmos pensamentos ecoavam na cabeça dele. Nenhum deles verbalizado, mas eram exatamente os mesmos.

— Estou feliz por termos nos conhecido, Sean — sussurrou Annie, por fim.

— Eu também. — Ele esticou o braço e roçou os dedos dela com o seus, entrelaçando-os sobre a toalha enrugada da mesa. — Quem quer que tenha feito confusão no programa sem dúvida me fez um favor maravilhoso.

— Digo o mesmo. — Annie manteve a mão direita onde estava, tocando a dele, porém pegou a taça de vinho com a esquerda. Erguendo-a num brinde, acrescentou: — À pessoa que estragou o programa do leilão.

Sean não hesitou em se juntar a ela no brinde.

— Que ela chegue ao céu antes de o diabo saber que está morta.

Por volta das três da tarde de sexta-feira, Sean já sabia que de jeito nenhum seria capaz de esperar até a manhã seguinte para ver Annie outra vez.

Talvez se estivessem indo para um hotel romântico no fim de semana ele fosse capaz de suportar. Porém, a ideia de que estariam cercados pela família barulhenta e superprotetora dela por dois dias, sem nenhum momento a sós, tornava a perspectiva de viagem muito menos atraente.

Considerando o quanto ele tinha gostado da companhia dela na véspera, Sean só queria passar mais tempo com Annie. Ouvi-la rir, observar seus olhos se iluminarem quando ela sorria. Ver a surpresa em seu rosto quando experimentava algo novo, como o passeio de limusine ou o caviar que ele a tinha persuadido a provar. A caminhada relaxada e tranquila depois do jantar, à beira do lago, para ver as estrelas finalizou uma das noites mais agradáveis que ele já havia tido na cidade.

Sua impaciência tinha tudo a ver com o quanto adorava estar com Annie... E nada a ver com ele estar louco pelo terceiro encontro e sua conclusão.

Bem, quase nada.

Sim, Sean gostava de estar com ela. Mas tinha que admitir, depois de tê-la em seus braços, de prová-la, de acariciá-la antes de saírem para jantar, e então beijá-la mais uma vez ao acompanhá-la à porta tarde da noite... estava morrendo de vontade de fazer amor com Annie.

E faria.

Ele a possuiria, aplacaria o desejo de seu corpo e seguiria em frente. Tinha lugares a ir, trabalhos para concluir, e permanecer em Chicago depois do fim de semana estava fora de questão.

Sendo assim, por que a ideia de abandonar Annie tão cedo de repente o fez cerrar os punhos? Mas o fato de ter causado isso só reiterava a necessidade dele de continuar com aquilo, de prosseguir, de se agarrar ao mantra de que não era bom permanecer muito tempo no mesmo lugar. Nem criar relacionamentos que durariam no máximo algumas semanas.

— Hora de ir, camarada — murmurou Sean. — Mas só depois de tê-la.

Aquilo na certa tornava o desespero para vê-la ainda mais frustrante. Sean não queria perder o pouco de tempo que tinham juntos olhando para o teto do quarto de hotel durante toda a noite. Outra sessão de prazer solitário no banheiro não serviria em nada para curá-lo do desejo insano pela loura sexy.

Embora, para ser honesto, dada a forma como ainda conseguia enxergá-la deitada de costas no sofá, os seios nus projetando-se para ele em acolhimento, o corpo inteiro tremendo de desejo, Sean ia ter de fazer alguma coisa.

Ou seja, vê-la.

Era mais fácil falar do que fazer, pois Annie estava trabalhando essa noite. Ele teria de esperar.

— Droga! — Sean não era bom com esperas.

Desistindo de qualquer fingimento de que iria esperar, ele começou a digitar o número do celular de Annie, já programado na agenda do seu aparelho. Tinha um bom pretexto. Após a conversa dos dois ao jantar da véspera, Sean começou a pensar no calvário que o aguardava. O comentário dela sobre o quão mais fácil seria se ele fosse algum tipo de paramédico da classe operária o irritou, o fez pensar na farsa que iriam tentar empurrar para a família dela.

Isso tinha parecido tão simples no começo... Agora, no entanto, a coisa toda se mostrava mais assustadora. Talvez porque Sean conhecia Annie o suficiente para saber o quanto aquilo era significativo para ela.

E porque ele já gostava dela o bastante para sentir a pressão de querer que tudo desse certo.

Qualquer que fosse o motivo, Sean não pretendia estragar tudo. Ou seja, deveriam montar bem a história, segundo a qual eles estavam saindo fazia dois meses. Portanto, ele pelo menos deveria saber o nome do meio dela e o jeito como Annie gostava do café.

Em uma situação normal, após dois meses, Sean com certeza saberia as posições sexuais favoritas de Annie e as zonas mais erógenas também. Todavia, isso seria forçar demais a situação para um simples fim de semana com a família.

O telefone tocou e tocou, mas Annie não atendeu. Lembrando-se do que ela tinha dito, sobre raramente atendê-lo no trabalho, Sean aguardou até as seis da tarde, imaginando que ela ligaria o celular, mesmo que fosse trabalhar até tarde. Mas ainda assim, nada.

Por fim, às oito da noite, quando Annie ainda não havia retornado a ligação, Sean começou a se preocupar. Ela havia brincado sobre ficar cercada por bebês aquela noite, mas Sean não levou a sério. Creches diurnas não se mantinham em funcionamento até tarde. Sean imaginava que Annie tivesse apenas reuniões ou papelada para cuidar. Então não havia motivos para permanecer incomunicável.

O comentário de Annie sobre a família achar que iria encontrá-la estuprada ou assassinada começou a soar um pouco alto demais aos ouvidos dele.

Sean tinha perdido o cartão dela, mas lembrou-se do nome da creche, e do bairro onde ficava, se não do endereço de fato. Então poderia tentar obter informações através de seu telefone de trabalho. Mas algum impulso, meio preocupação, meio impaciência para vê-la, o fez sair do hotel. Chamando um táxi, pediu para ser levado ao Lincoln Park.

Felizmente, só foi preciso percorrer cerca de vinte quadras até Sean avistar a placa colorida da Baby Daze diante de um prédio de tijolos pequeno e bem conservado.

— Ali. — Sean apontou o local para o motorista. Havia uma minivan verde estacionada em frente.

Meu Deus, não me admira ela ter gostado da limusine.

Sinalizando para o taxista, Sean seguiu para a porta da frente, colocou as mãos em concha diante do rosto e espiou lá dentro. O que viu o aliviou: Annie sentada lá dentro, segura. Mas também o apavorou.

Porque ela não estava sozinha, e sim mal acomodada em uma cadeirinha infantil, no meio de um grupo de crianças tagarelas, agarradas a biscoitos e com bigodes de leite.

E todas começaram a gritar quando o viram espiando pela porta de vidro.

A Baby Daze proporcionava aos clientes a Noite de Papai e Mamãe Saírem para Jantar duas vezes por mês, às sextas-feiras. Três membros da equipe trabalhavam até tarde, cuidando de não mais do que doze crianças, a partir dos três anos, até as nove da noite. Tal evento tinha se provado tão popular que agora havia uma lista de espera até o outono seguinte.

Esse era um dos pequenos serviços que ajudaram a Baby Daze a se tornar um sucesso precoce e decisivo. Tudo ia tão bem que Annie começava a crer que conseguiria repor o dinheiro retirado da poupança dentro de alguns meses, em vez do prazo de um ano que teria levado antes.

— Um homem estranho! — gritou alguém.

O coro foi logo repetido pelas outras crianças:

— Um homem, um homem, um homem!

Assustada e deixando cair os guardanapos umedecidos que usava para limpar um par de mãozinhas grudentas, Annie voltou a atenção para a porta da frente, que estava trancada, muito embora já houvesse doze bracinhos apontando naquela direção. Ela reconheceu de imediato o rosto surpreso, e constrangido, de Sean Murphy.

Desejando que seu coração desacelerasse, Annie chamou Tara para que continuasse a supervisionar o lanchinho noturno dos pequenos, e se aproximou da porta. Destrancando-a, saiu para a noite de verão, perguntando-se se o calor que sentia era só porque seu corpo estava se adaptando depois de sair do ambiente com ar-condicionado. Ou porque, como sempre, ela achava Sean Murphy incrivelmente quente.

— Oi.

— Desculpe, Annie. Eu não quis me intrometer. Você não estava atendendo ao celular, e eu fiquei um pouco preocupado.

Sean ficou preocupado com ela. Quando a família de Annie agia assim, isso a enfurecia. Mas Sean? Bem, Annie não conseguiu evitar um calafrio de satisfação ao saber que ele estava pensando tanto nela. Do mesmo modo que ela estava pensando nele.

— Eu saí atrasada esta manhã e esqueci meu celular. Ainda está no carregador, na minha casa.

— Ah... — Ele olhou além dela, para dentro da sala, onde as crianças limpavam suas mesinhas de lanche, lambendo migalhas das pontas dos dedinhos.

Os pequenos já haviam esgotado sua curiosidade sobre o estranho à porta, que obviamente imaginaram não ser um sujeito malvado, uma vez que a srta. Annie estava lá fora conversando com ele.

Migalhas de biscoitos eram bem mais interessantes.

— É melhor eu ir. Não quis invadir.

— Por que tentou falar comigo?

— Achei que talvez devêssemos ensaiar nossa história antes de irmos para a casa dos seus pais amanhã.

— Nossa história?

— Você sabe... como nós... você e Blake... se conheceram. Esse tipo de coisa. Não chegamos a abordar isso ontem.

Annie sentiu o sangue fugir do seu rosto, e recostou-se na porta. Como eles se conheceram. Deus, ela não queria pensar em como tinha conhecido Blake. Ainda mais ali, o local onde sua culpa e humilhação alcançaram os níveis mais altos.

— Tenho certeza de que podemos resolver isso no caminho amanhã — murmurou Annie, já lamentando por ter de esperar até lá para passar mais tempo com Sean.

Ouvindo um berro detrás de si, Annie girou e olhou pela janela. Dylan McFee tinha acabado de abordar Jessie Sims, tentando roubar um brinquedo que ele queria. Tara saltou para interferir na briga, assim como Ellen, a outra funcionária que tinha se candidatado para o turno daquela noite.

— É melhor eu ir, você está ocupada.

— Sim. — Então, olhando para Sean e vendo o divertimento dançando naqueles olhos sensuais, Annie se flagrou dizendo: — Tem um restaurante no fim da rua. Talvez você possa ir beber algo enquanto me aguarda terminar aqui. Aí poderemos... conversar.

Prendendo a respiração, ela não conseguiu evitar sorrir de puro alívio quando ele assentiu, concordando.

— A que horas?

— Os pais devem vir buscar as crianças às nove. Alguns chegarão atrasados, pedindo desculpas. Mas acho que consigo sair daqui lá pelas nove e meia, no máximo.

— Perfeito. Eu a encontrarei nesse horário, então. — Ele deu mais uma olhada para o corpo a corpo acontecendo lá dentro, ostentando um olhar de solteiro sem filhos tão doloroso que Annie deu risada.

Em seguida, Sean desceu a rua, o espesso cabelo negro solto fluindo livre sobre os ombros. Deus, por que a visão do cabelo de um homem era suficiente para acabar com todas as forças de suas pernas e fazer suas partes íntimas formigarem?

Annie afastou aquela reação, necessitando enfrentar o restante do turno.

Uma vez lá dentro, notou imediatamente a empolgação no rosto de Tara. Que foi seguida pela curiosidade de Ellen. Mas ambas se mantinham ocupadas demais buscando os pequenos para entregá-los aos pais para poder tocar no assunto.

Assim que os últimos chegaram, às 21h28, Annie já havia mandado Ellen para casa e estava só esperando a explosão de perguntas de Tara.

Ela a recebeu assim que a porta foi fechada detrás da última criança e seus pais gaguejantes, cheios de pedidos de desculpas.

— Era ele, certo? Droga, não tive como dar uma boa olhada... — Apressando-se para recolher os poucos brinquedos restantes espalhados na sala, Annie assentiu.

— Sim, era.

— O que ele queria? — Parecendo feroz, a amiga afirmou: — É melhor que aquele cara não tenha um resgate para fazer, não na noite anterior à suposta viagem de vocês!

Feroz, impetuosa e extravagante. Isso descrevia Tara.

— Não, não tem. Sean só quer conversar e ter certeza de que nossa história vai estar sincronizada.

— Esperto. — Tara sorriu. — Você pode querer transar com ele também, só para se certificar de que estão bem confortáveis um com o outro. Ou pelo menos beijá-lo, porque, imagino, não vai querer ser surpreendida com náuseas ou coisa assim se o camarada beijar mal.

Annie não havia contado a Tara sobre seus dois encontros com Sean. Embora costumasse contar tudo à amiga, aquela coisa toda era simplesmente recente demais, particular demais, para ser compartilhada com amigas.

— Transar com ele está fora de questão — disse ela. *Pelo menos até domingo.* — E Sean não beija mal, de jeito nenhum.

Foi só então, quando ouviu uma tosse masculina abafada atrás de si, que Annie percebeu que elas não estavam mais sozinhas. Lançando um olhar para Tara que prometia punição extrema, Annie virou-se bem devagar e se deparou com Sean parado do lado de dentro, na soleira. Decerto ele tinha ouvido cada palavra que ela disse.

Infelizmente as mesas da Baby Daze eram muito menores que as do hotel. Então não havia jeito de se enfiar embaixo delas para fugir da humilhação daquele momento.

— A porta estava destrancada — explicou Sean, os olhos brilhando.

Sim, sem dúvida, ele tinha ouvido.

— Tudo bem, nós já estamos acabando — disse Tara ao caminhar em direção a ele, estendendo a mão. — Sou Tara. Eu estava no leilão também. Por isso sei quem você é, o que significa... hum... se tentar qualquer coisa desagradável, vou colocar a polícia atrás de você como um caçador soltando seus cães.

— Vá embora, Tara — grunhiu Annie, sem sequer dirigir um olhar à amiga.

— Bem, então, agora que você foi avisado, foi um prazer conhecê-lo. — Tara abriu um sorriso imenso para Sean, como se não tivesse acabado de ameaçá-lo com lesão corporal. Antes de sair, entretanto, voltou-se para Annie. — Você estava certa. O brinco é bem sexy. — E seguiu porta afora.

Annie a seguiu, evitando o momento em que teria que encarar Sean e ver o sorriso estampado em suas feições. Trancando a porta, ela apagou as luzes principais, que escureceram o letreiro lá fora, assim como as lâmpadas fluorescentes do teto. Por fim, quando não tinha mais motivos para procrastinar, virou-se para encarar a situação.

A imensa sala de brinquedos na qual se encontravam estava praticamente mergulhada na escuridão, permanecendo mal iluminada pelas luzes que vinham do escritório e da cozinha. Não mais reluzente e acolhedor, o cômodo se tornou uma caverna disforme de sombras, cortada aqui e ali pelo amarelo intenso da casa de bonecas ou pelas bolas de plástico coloridas empilhadas na imensa piscina de bolinhas, onde as crianças adoravam brincar.

— Quer dizer que eu não beijo mal, é? — Ele se aproximou. Chegou perto o suficiente para Annie sentir seu calor, embora não tivesse conseguido enxergá-lo quando os olhos se adaptaram à mudança na iluminação. — Estou aliviado por saber que não lhe causo ânsia de vômito. — Abaixando a cabeça, Annie suspirou e cerrou as pálpebras.

Sean tocou-lhe o queixo, roçando os dedos na pele como se estivesse saboreando a maciez, então ergueu a cabeça dela e murmurou:

— Mas por que, se é que posso perguntar, "transar comigo" está fora de questão?

— Não era para você ter ouvido isso.

— A pergunta permanece.

— Terceiro encontro, lembra? Somos quase desconhecidos.

Era verdade, mas ela precisava ser honesta consigo. Já tinha certeza de que conhecia o caráter dele muito bem... e o desejava com um desespero que a fazia queimar até o âmago.

— Estou firme à promessa do terceiro encontro, Annie. E vim aqui para sanar o problema de sermos estranhos. Mesmo que você não seja capaz de discutir sobre isso por muito tempo mais...

Discutir? Ela estava discutindo? Não, ela apenas erguia algumas defesas mínimas, sabendo que, se não o fizesse, estaria se jogando nos braços dele, implorando para que Sean a conhecesse do jeito mais primitivo possível.

Havia suco e biscoitos na cozinha da creche. Será que isso contava como um encontro?

Como se soubesse o quanto podia pressioná-la, como podia manter os sentidos de Annie aguçados e a guarda baixa, Sean recuou e olhou ao redor.

— Pronta para nossa conversinha?

— Aqui? — Annie espantou-se por ele ter se afastado sem beijá-la, e se perguntou se Sean seria capaz de ler sua decepção.

— Eu saberia algo sobre seu trabalho, não é?

O Blake verdadeiro não sabia nada sobre o trabalho de Annie, além do fato de que a creche era um ótimo lugar para paquerar uma mulher solteira. E que, talvez, se ele tivesse sorte, poderia fazer sexo com a proprietária e conseguir um desconto para seu filho.

Não que Annie fosse contar isso a Sean.

— Então você é dona deste lugar?

— Sim. Na verdade, não sou dona do prédio, mas tenho um arrendamento de longo prazo que me permitiu fazer todas as reformas de renovação.

— E sem dúvida é bem-sucedida.

— Acho que sim. Sem dúvida mais do que qualquer pessoa esperou que eu fosse.

— O que se esperava de você? — Caminhando pela sala enquanto aguardava pela resposta, Sean examinava os desenhos infantis, feitos com giz de cera, pendurados na parede ao lado de pinturas coloridas emolduradas que retratavam contos de fadas.

— Meus pais tinham certeza de que minha licenciatura em educação infantil me preparava para ser uma ótima mãe. — Seu tom não poderia ser mais seco nem se Annie estivesse com a boca cheia de areia.

— Eles não faziam ideia de que você ia embora?

Frustrada, Annie correu os dedos pelo cabelo louro a fim de ajeitá-lo.

— É claro que sabiam. Durante anos eu lhes disse que planejava partir, ver o mundo, morar sozinha.

— Eles simplesmente não acreditaram.

— Pois é. Porque também sabem que eu de fato desejo as coisas que eles querem para mim: casamento, família. Só não quero que seja sob as condições deles.

Sean enrijeceu um pouco, como qualquer solteiro determinado faria ao ser confrontado com palavras apavorantes como casamento e família.

Annie não se ofendeu. Desde o momento em que conheceu Sean Murphy, não teve ilusões sobre o tipo de homem que estava levando para casa para conhecer seus familiares... um homem do mundo que não se encaixava na sua vida de jeito nenhum. Pelo menos não em longo prazo.

Mas no próximo fim de semana, especialmente depois do terceiro encontro, todas as apostas estariam suspensas.

— Familiares parecem sempre querer as coisas do jeito deles — admitiu Sean, quase num sussurro, como se a penumbra do ambiente indicasse a necessidade de quietude.

Percebendo que não havia nenhuma cadeira de tamanho normal ali para que Sean se sentasse, apenas cadeirinhas de plástico que jamais suportariam o peso dele, Annie disse:

— Preciso trancar meu escritório. Por que não vamos conversar lá?

Sean a seguiu, sentando-se no assento que ela tinha apontado, do outro lado da mesa dela. Era boa para um visitante normal: um pai ou mãe preocupado conhecendo o lugar, um candidato a um emprego na creche. Porém, não era nem de longe adequada para o homem imenso e largo que parecia preencher o cômodo inteiro com sua presença.

Sean não vestia jeans e camisa abotoada essa noite, ou um terno de aparência ridiculamente cara como aquele que ele tinha usado no jantar. Em vez disso, usava uma calça sob medida e uma blusa cinza justa de manga curta, com o corte de uma blusa normal, porém feita de um tecido cintilante que mostrava que ela não havia saído de uma sacola plástica de uma loja barata.

Annie estava vestindo sua calça cáqui de sempre e uma camisa polo manchada da Baby Daze.

Quem disse que eles não pareciam combinar?

Quem se importa? É apenas por um fim de semana.

— Só de olhar fica óbvio que você transformou isto num grande sucesso — disse ele, enfim, observando o escritório, notando os certificados e as licenças na parede. — Sua família deve reconhecer isso.

— Você que pensa.

— Bem, então teremos que convencê-los de que você pelo menos se saiu bem nas suas escolhas em relação a homens.

Aquilo a fez bufar alto.

Sean recostou-se na cadeira, esticando as pernas longas, e cruzou os braços.

— Falando nisso, qual é a minha profissão?

— Eu não falei disso para eles.

Sean assentiu, pensando no assunto.

— Que tal... mecânico? — Os olhos dele brilharam, e Annie se lembrou da primeira conversa entre os dois.

Ela empinou o queixo, num desafio.

—Você sabe o que é uma chave soquete?

— Bem pensado. Hum... Pediatra?

Ela sorriu.

— Eu notei o jeito como você olhou para as crianças.

— Gosto de crianças — protestou ele, soando indignado... mas não muito honesto.

— No espetinho?

A gargalhada dele enviou um formigamento por todo o corpo de Annie. Ela gostava daquela risada. E do sorriso dele. E do jeito como aqueles olhos se iluminavam quando Sean se divertia.

— Pego no flagra. Acho que vi os monstrinhos e logo me perguntei se precisaria vestir equipamento de proteção para vir resgatá-la.

Annie franziu a testa.

— As crianças são adoráveis.

— Elas são pegajosas.

— São amáveis — insistiu Annie.

— São barulhentas.

— São leais.

— São baixinhas.

— Ah, tudo bem... — Annie sorriu, para acompanhar a guerrinha ridícula de superioridade. — Elas são todas as opções acima. Mas eu as amo de qualquer maneira.

— Percebi isso.

Sean analisou-a intensamente, a expressão quase... afável... se é que isso fazia algum sentido. Ainda mais considerando o óbvio desinteresse dele por crianças. Então aquele queixo forte se empinou e ele disse:

— É claro, é o filho dos outros. Não imagino que meus filhos... se eu fosse ter algum um dia, algo que duvido muito... seriam grudentos, barulhentos ou baixinhos.

Com isso, Annie recostou-se no espaldar e soltou uma gargalhada.

— Você é um pretensioso, não é?

A surpresa fez a mandíbula dele tremer.

— Não sou nada disso.

— Um pouco pretensioso. E mimado.

— Talvez antes eu fosse — admitiu ele. — Agora, não mais.

Os olhares se sustentaram, e Annie sentiu a intensidade em Sean. Ele não queria falar sobre seu passado, além de mencionar que tinha sido criado na Irlanda. Havia uma história ali... sem dúvida alguma. No entanto, ele tinha erguido muralhas em torno de si, usando seu charme fácil e visual fantástico para evitar que qualquer um as escalasse.

O que, Annie se perguntava, aguardava uma mulher que conseguisse chegar ao outro lado?

— Ainda não determinamos minha profissão. — Pigarreando, Sean quebrou o contato visual intenso. Como se soubesse que ela tentava decifrá-lo. — Hum... dublê? Dublê de corpo para Brad Pitt?

Ela tornou a bufar.

— Brad Pitt bem que gostaria que todos acreditassem que tem um corpo como o seu.

Então Annie ficou séria, sabendo que eles realmente precisavam definir aquilo. Se ao menos ela pudesse martelar os detalhes na própria mente naquela noite... A última coisa da qual precisava era ser pega na mentira pela família, que se agarraria a qualquer coisa com o mesmo ímpeto que Dylan McFee tinha se jogado em Jessie Sims para lhe tomar o brinquedo.

— Vamos simplificar. Você é um empresário.

Aquilo, de acordo com a biografia correta de Sean, era verdade.

Annie odiava arrastá-lo ainda mais para suas mentiras, embora a malícia na expressão de Sean lhe dissesse que ele estava se divertindo com toda aquela farsa.

— Quanto mais perto ficarmos da verdade, melhor. E essa é a verdade, certo?

Ele se remexeu na cadeira, desconfortável.

— Mais ou menos. Sou consultor. Mas empresário serve. — Prosseguindo, Sean perguntou: — Onde nos conhecemos?

Annie cerrou os punhos sob a mesa, e desejou que seu maxilar não enrijecesse numa raiva instintiva. Tanto esforço para se manter próxima à verdade. Ela nem mesmo queria fingir ter conhecido aquele homem do jeito como tinha conhecido o verdadeiro Blake... ali, no trabalho, onde deveria ter sido mais esperta.

— Site de relacionamentos?

Ele revirou os olhos.

— Patético. Que tal em um encontro às cegas?

— E isso não é patético?

Sean franziu a testa, repensando.

— Festa?

— Está bem.

Annie sentia como se estivessem negociando um contrato, em vez de estabelecendo um relacionamento. E de repente viu que Sean deveria ser um ótimo empresário.

Sean confirmou isso apresentando uma lista de questões nas quais ela nunca teria pensado. Sua cor, flor, filme e músico favoritos. Suas inclinações políticas, ambições, onde estudou. Como gostava do café, seu sabor favorito de sorvete. Os lugares onde sentia cócegas.

Annie lhe revelou um. No entanto, deixou o outro de fora. Sean chegara perto de descobrir no sofá, na noite anterior. Perto... mas não muito. E se um dia descobrisse qual era, estariam muito mais envolvidos do que duas pessoas planejando uma pequena farsa para a família dela no fim de semana.

Todos os pormenores que Sean desejava saber eram irrelevantes, mas sem dúvida coisas que um casal saberia um do outro. Bolo ou torta? Chocolate ou baunilha? Ele apresentava cada detalhe, vez ou outra opinando sobre as preferências dela: "Como você pode gostar mais de torta de maçã que de *crème brûlée*?". Mas mudava de tópico logo em seguida.

Eram todos detalhes que poderiam ter sido discutidos no jantar da véspera, no típico segundo encontro, no estilo "quero conhecê-la melhor". Em vez disso, ficaram rindo sobre a confusão no programa do leilão, especulando sobre a reação da ricaça ao levar Jake, o paramédico, em vez do empresário internacional. Sean a tinha incentivado a provar caviar, embora não tivesse feito o mesmo com o escargô, e Annie tinha pedido para que embrulhassem as sobras da comida "para levá-las para o cachorro" de propósito, só para ver como ele reagiria.

Ela deveria ter adivinhado. Primeiro Sean sorriu, depois ergueu uma sobrancelha arrogante e latiu para o garçom quando o sujeito esnobe o olhou com superioridade por causa disso.

E então, de algum modo eles pularam a parte da conversa básica, como se já estivessem tão à vontade um com o outro que nada mais importasse. Até aquele momento, quando perceberam que aquilo importava, sim. Pelo menos no que dizia respeito à família dela.

A conversa continuou nessa linha por alguns minutos, até que Sean perguntou, sem rodeios:

— Você dorme nua?

— O quê?!

— É uma pergunta relevante.

— Não, não é — respondeu Annie, um lado seu louco para contar a ele, e outro desejando mostrar a ele, em vez disso. — Minha família não perguntará o que uso para dormir, porque meu pai na certa o expulsaria da casa se você respondesse.

— Antiquado.

— Muito.

— Temos algo em comum.

— Próxima pergunta?

— Você não respondeu a última.

Ela o encarou.

— Próxima pergunta.

— Qual é o tamanho da sua cama? Eu nem mesmo dei uma espiadinha no seu quarto ontem.

Gemendo como se tivesse percebido que a parte séria da conversa tinha terminado, Annie inclinou-se sobre a escrivaninha e respondeu, séria:

— É grande. Modelo queen.

E geralmente muito vazia. Embora Wally costumasse dormir todo esparramado, tomando três quartos do colchão, deixando Annie bem perto da beirada.

— Acho que eu deveria vê-la — sugeriu Sean soando totalmente inocente para um homem que tentava manipulá-la para chegar à sua cama.

Manipular? Tão desnecessário. Considerando o jeito como Annie vinha se sentindo a respeito dele — excitada e atraída desde a primeira noite, honestamente interessada desde a segunda, e à vontade e se divertindo naquele momento —, tudo o que Sean teria de fazer seria convidá-la.

Eles passaram mais de uma hora juntos, conversando, rindo, flertando. Aquilo contava sim como um encontro.

— Não concorda que eu deveria pelo menos... dar uma espiadinha?

O coração de Annie vibrava daquela maneira engraçada outra vez. E as coxas se contraíram.

— Por quê?

— Bem, estamos saindo, não estamos? Sou um cavalheiro, e decerto a levarei até a porta. Sendo assim, é provável que eu tenha pelo menos um vislumbre do seu quarto.

— Você se dá bem com Wally. Essa é a prova de que faz parte da minha vida.

— Voltando à pergunta anterior, então: o que costuma vestir quando rasteja para aquela cama imensa tendo apenas seu gato como companhia?

Incapaz de resistir, ela disse a ele num sussurro rouco:

— Uma camisola de seda vermelha.

Mentira, mentira, mentira. Annie costumava dormir usando uma camiseta bem grande. Mas pelo menos tinha uma camisola vermelha, que havia comprado em uma liquidação depois do Dia dos Namorados, no último inverno, determinada a usá-la para alguém antes que a data repleta de cupidos voltasse a acontecer.

Talvez vá acontecer. Agora. Esta noite.

Um músculo se tensionou na mandíbula de Sean, os olhos se semicerraram muito sutilmente. Aquilo, e o sibilar quase inaudível, foram suas únicas reações.

— De que tamanho?

Hum... Annie suspeitava que ele fosse muito grande. Certamente assim lhe pareceu na noite anterior, quando Sean pressionou o corpo contra o dela. E sem sombra de dúvida se provara assim nos sonhos eróticos que ela havia tido na véspera.

As arfadas de Annie se mesclaram, tropeçando umas nas outras ao saírem dos pulmões. Ela tinha se esquecido dos sonhos até aquele momento. Agora estavam reprisando em seu pensamento, em cores íntegras e gloriosas, fazendo-a se lembrar de que acordara às quatro da madrugada, o corpo tremendo quando um orgasmo intenso a despertou de seu sono.

Annie engoliu em seco, tentando afastar as imagens. Pelo menos por tempo suficiente para responder às perguntas que Sean tinha feito seriamente.

O lampejo de sorriso nos lábios dele informava que Sean sabia no que Annie pensava.

— Eu me referi à camisola.

— Sei disso. — Annie foi tão convincente quanto uma criança que tenta persuadir alguém a lhe dar mais um biscoito.

— É claro que sabe. É curta ou longa?

— Ela é... — Annie tentava se lembrar. A coisa estava pendurada em um cabide forrado de seda em seu closet desde que a tinha comprado.

— Longa! — Definitivamente longa. Ao menos achava que sim.

— Qual tonalidade?

— Tonalidade?

— Vermelho-rubi? — perguntou ele, a voz tão sedosa, os olhos tão intensos. — Escarlate? Granada? É como o rubor suave de um botão de rosa ou como a malícia de uma explosão feroz?

Ai, Deus... Sean pintava obras de arte com as palavras. Imagens que formavam cenas completas no cérebro de Annie.

Todo o corpo dela estremeceu, correndo para processar as informações que golpeavam todos os seus centímetros. Os seios formigavam e pesavam contra a blusa, os mamilos duros e salientes de desejo, os braços tremendo com a avidez de enlaçar o pescoço de Sean e trazê-lo para si. Cada pedacinho de Annie tinha sido afetado.

Sob a mesa, as coxas dela tremiam. A explosão feroz que ele tinha mencionado irrompeu entre elas e a agarrou, exigindo atenção. Annie estava excitada e úmida, a parte mais íntima estava pronta, como se ela tivesse sido tocada pelas mãos de Sean, e não só pela voz.

Por mais louco que parecesse, se ele continuasse a falar daquele jeito, o corpo dela iria explodir do mesmo modo como em seus sonhos da noite anterior, apenas com o som sensual do sussurro dele.

— Sean...

Ele a encarou, a certeza sobre a reação dela varrendo-o, e pelo mais breve dos momentos, Annie pensou que Sean fosse agir com base naquela certeza. Daria fim à espera, esticaria os braços, pegaria a mão dela e a puxaria por cima da mesa. Em seguida, rasgaria suas roupas, a posicionaria na beirada e se colocaria entre as coxas trêmulas. Então a preencheria de um jeito inédito. E aí, talvez, ambos fossem capazes de voltar a raciocinar.

Em vez disso, Sean fez algo ainda mais chocante. Levantou-se devagar e pigarreou.

— Bem, acho que tenho tudo de que preciso.

Para fazer o quê? A leitora de romances enrustida dentro de Annie deu uma resposta repentina, cheia de esperança...

Possuir-me? Aqui? Agora?

Sean não disse nada disso. Ao contrário, com uma simples frase a desanimou, a confundiu.

E a enfureceu completamente.

— Então acho que é hora de nos despedirmos.

Capítulo 6

Sean precisava sair dali, naquele momento, enquanto a fuga era possível. A julgar pelo lampejo de raiva nos lindos olhos azuis de Annie, a "fuga" poderia não ser possível dentro de mais alguns instantes. Porque ela parecia reunir energia para atacá-lo verbalmente. Chamá-lo de provocador… ou coisa pior.

A culpa era dele.

Embora sua pretensão naquela noite fosse tão só pegar as informações das quais necessitava, além de preparar Annie para a viagem do dia seguinte, Sean flagrou-se seguindo para um caminho muito perigoso com ela. Um que vislumbrava ambos desviando-se do caminho principal da amizade tranquila e casual onde deveriam estar.

E entrava completamente no território do desejo sexual.

Que tipo de idiota perguntaria a ela sobre o que vestia na cama, e sobre o tamanho da cama dela?

Se ele de fato planejasse fazer algo a respeito disso, seria uma coisa. Mas ele não fez. Havia prometido a Annie um terceiro encontro. E aquela noite — apesar do quanto teria gostado de quebrar as regras — não contava. Além disso, Sean apreciava seu novo relacionamento, a estranheza de estar com uma mulher sem as pressões da expectativa.

Ele ainda não queria apressar nada. No entanto, se não saísse dali imediatamente, não só iria apressar as coisas: iria bater um novo recorde mundial em deixar uma mulher nua. E mais outro por estar dentro dela antes mesmo que algum dos dois pudesse ao menos pensar nas palavras "não deveríamos"; muito menos dizê-las.

Sean consultou o relógio de pulso, notando por quanto tempo haviam ficado conversando. Eram quase onze da noite. Tinham perdido completamente a noção do tempo, isolados do mundo lá fora.

— Temos que ir embora. Está ficando muito tarde. Teremos um longo dia pela frente amanhã.

Encarando-o, os olhos arregalados de espanto, Annie desabou na cadeira.

Não. Por favor, não. Se ela dissesse, se colocasse ali entre os dois palavras como "Por que você não está rasgando minhas roupas agora?", Sean perderia todo o controle. Teria de possuí-la bem ali, em seu local de trabalho, uma creche, que para qualquer homem solteiro seria tão erótico quanto um convento. Mas o qual, naquele instante, serviria tão bem quanto um hotel cinco estrelas com cama com lençóis seda.

Enfim, após um momento longo e silencioso, Annie assentiu brevemente e levantou-se. Se a cadeira dela fosse arrastada com um pouco mais de força do que ele esperava, Sean não ia ajudar. Ou perguntar a Annie qual era o problema.

Sean sabia qual era o problema. Ele era um tremendo idiota, esse era o problema. Um tolo que sempre insistia em abrir por último o maior presente no seu aniversário, que ainda comia todos os legumes do prato antes de se permitir saborear o prato principal.

Que sempre acreditava que as boas coisas da vida ficavam ainda melhores quando era preciso esperar por elas.

A espera podia até aumentar a empolgação, mas Sean não tinha certeza de que seu coração seria capaz de aguentar mais empolgação quando o assunto era o que iria acontecer entre Annie e ele.

— Tarde demais, você estragou tudo, seu burro — resmungou Sean ao sair do escritório.

Annie podia até ter estado excitada e interessada. Agora parecia exaltada e furiosa.

Sean caminhou pelo corredorzinho que dava para uma grande sala principal, passando por portas fechadas com placas que diziam "Berçário" e "Apenas crianças grandes". Todo o lugar permanecia silencioso e na penumbra. O resto de iluminação começou a desaparecer quando Annie apagou a luz do escritório. Ela fechou a porta , então foi até o cômodo ao lado para apagar mais um interruptor.

Nesse momento, não havia nada senão escuridão, quebrada apenas pela luz vermelha das saídas de emergência e pelo brilho da lua adentrando as janelas da frente. Ainda era o suficiente, no entanto, para Sean distinguir o brilho do cabelo louro de Annie, que se aproximava, e, quando ela chegou mais perto, para ver o brilho em seus olhos.

Os olhos repletos de fúria.

— Annie...

— Estou quase pronta. — Ela verificava o termostato. — Fique à vontade para ir embora.

— Não a deixarei sair à noite sozinha.

A creche ficava em uma área comercial, não residencial. Quando desceu a rua para beber alguma coisa, Sean notou que cada prédio entre a creche e o restaurante estava fechado e escuro, e aqueles na direção oposta pareciam na mesma condição.

— Faça como preferir, Sean, mas não precisa. Eu sei que você não queria estar aqui.

Ouvindo o tom de frustração dela, e o eco da própria frustração lá no fundo de sua mente, Sean abdicou de sua resistência de repente. Não seria capaz de deixar as coisas assim. Sem chance de permitir que Annie fosse para casa pensando que não a desejava.

Mas antes que Sean pudesse dizer qualquer coisa, como "Vamos economizar tempo de manhã indo para sua casa agora à noite", ele sentiu algo golpear seu peito. Algo pequeno e, ao mesmo tempo leve, e ainda assim incomodava.

— O que é...

Mais um objeto colorido voou na escuridão. Desta vez, Sean o agarrou no ar, por reflexo, percebendo logo estar segurando uma bolinha vermelha de plástico.

— Você está jogando coisas em mim?!

— Eu estava mirando a piscina de bolinhas — respondeu ela, com inocência fingida. — Algumas bolinhas espirraram para fora.

Sean ergueu o dedo indicador, apontando para sua direita.

— A piscina de bolinhas fica para aquele lado ali.

— Nossa, como minha mira é ruim...

Ela se provou uma mentirosa ao se abaixar, agarrar outra bola no chão escuro e atirá-la em Sean. Abaixando-se para se desviar, ele não soube se deveria rir ou agarrar Annie para fazê-la parar e escutá-lo por um minuto.

Quando ela se agachou para pegar mais uma bola, os pés de Sean decidiram por ele. Antes que ela pudesse atirá-la, decerto mirando na cabeça dele desta vez, Sean a impediu:

— Já chega, querida — murmurou, agarrando-lhe a mão erguida.

Sean recostou-a na parede até os corpos estarem fundidos, todas as curvas delicadas dando espaço às arestas sólidas dele. Uma raiva palpável exalava de Annie. Combinada a algo mais: excitação física pura.

O corpo dele reagiu de imediato. O membro, já meio excitado pela conversa maluca que Sean tinha iniciado no escritório, intumesceu e enrijeceu. Incapaz de resistir ao desejo primitivo, Sean fez pressão contra Annie, encontrando a cavidade quente e macia entre as coxas dela, que parecia moldada para recebê-lo. Mesmo de roupa, Sean conseguia sentir que ela estava excitada e úmida, tão pronta quanto ele.

Gemendo, Sean investiu outra vez, informando, sem margem a dúvidas, o quanto a desejava.

— Você simplesmente ia mesmo embora? — perguntou Annie de repente, parecendo mais excitada do que indignada. — Com isto em sua calça?

— Normalmente ele fica grudado em mim — disse Sean, sendo obrigado a rir apesar da intensidade do momento.

Annie arqueou-se para ele, arfando ao inclinar os quadris para ganhar exatamente o contato do qual precisava.

— Quero dizer...

— Eu sei o que você quis dizer. — Sean gemeu, roçando o rosto no cabelo macio dela. — Tenho tentado lhe dar tempo, ir devagar com isso.

— A lentidão é superestimada.

— Estou começando a perceber isso. — Sean diminuiu a distância entre as bocas para beijá-la.

As línguas se encontraram rapidamente, selvagemente, então ambos recuaram para respirar.

Percebendo que ainda agarrava os pulsos de Annie, Sean a soltou, mas não deu um passo para trás, como se estivesse atraído demais por ela do mesmo jeito que se achava sujeito à lei da gravidade.

Ela o encarou, os olhos brilhando na escuridão. Por fim, como se incapaz de esconder por mais tempo, Annie exigiu saber se ele se decidira:

— Então?

Sean não precisou pensar muito.

— Sim.

Ele poderia tê-la guiado porta afora e levado para a van. Poderia ter tentado levá-la em casa antes de se permitir ser dominado pelo desejo. Poderia pelo menos tê-la carregado de volta ao escritório e batido a porta.

No entanto, era tarde demais. Não havia tempo, nem pensamento, nem razão. Apenas reação física pura programada em seu código genético, que dizia tome, possua, faça.

Guiado por um desejo desesperado, imediato, Sean envolveu-a pela cintura e a carregou por alguns metros até a imensa e colorida piscina de bolinhas que Annie não tinha mirado. Jogando-a dentro dela, Sean foi atrás, deitando-se de costas e colocando Annie sobre si.

O peso de ambos fez Sean afundar ainda mais quando as bolas se espaçaram entre eles, mas ele não se importou. Sem dar tempo e lugar a mais um pensamento, Sean enredou as mãos no cabelo de Annie, segurou-lhe a cabeça e trouxe a boca para mais um beijo faminto e quente.

Ela foi voraz, recebendo cada investida da língua dele com avidez e mergulhando a dela na boca de Sean. Sem permitir que os lábios de ambos se separassem, agarraram as roupas um do outro, Annie arrancando a blusa de Sean do cós da calça, Sean desabotoando a calça dela e abaixando o zíper.

Devagar, exigiu uma voz. Ele sabia como fazer amor com uma mulher, como contornar as defesas naturais dela, como enlouquecê-la com carícias e toques quase lá até Annie estremecer nos braços dele.

Porém, Sean já tinha ido muito além disso. A luxúria primitiva tinha tomado conta de seu cérebro. Não havia mais cálculos, nem planos, nem a criação de um curso predeterminado ou travessias por emoções familiares. Agora não. Não com Annie.

Não havia como desacelerar, não quando Sean ouvia os gemidos desesperados de Annie, sentia sua boca sugando a dele, o cheiro de pêssego da pele misturado ao almíscar feminino do corpo excitado dela.

— Preciso sentir você — murmurou ele, tocando sob a blusa dela, morrendo de vontade de tocar um dos seios delicados.

Annie tinha outras ideias. Ela agarrou a mão de Sean e a levou para baixo, entre as pernas, dizendo-lhe exatamente aonde mais desejava que ele fosse.

Nada de desacelerar para Annie também, pelo visto.

Gemendo de desejo, Sean deslizou a mão por dentro do zíper aberto. Afastou o elástico fino da calcinha, enredando os dedos nos pelos, desejando ver, mas satisfeito por simplesmente tocar ali, pelo menos por enquanto. Annie investiu a língua com mais intensidade contra a dele quando os dedos de Sean roçaram seu clitóris, como se dizendo a ele silenciosamente para continuar, para nunca parar.

Logo o coração dele pararia.

Sean continuou a acariciá-la, movimentos sutis, carícias mais profundas, até Annie ter que afastar a boca da dele para respirar. E quando Sean mergulhou a mão mais embaixo, para entreabrir os lábios macios e suculentos, ela gritou.

— Doce Annie... — murmurou ele, certo de que nunca sentira nada tão quente e úmido. — Mal posso esperar para estar aqui dentro.

Ele mergulhou um dedo, bem fundo, sentindo todo o calor se fechar ao redor em uma recepção macia.

— Sean! — Annie não disse mais nada. Não precisava. Apenas aceitou o que ele lhe oferecia, como se sabendo que Sean estava tendo tanto prazer com aquilo quanto ela.

Deus, ela era muito estreita. Fumegante. Cada gota de sangue que ainda não estava abarrotando as veias do membro de Sean correu para lá em uma exigência voraz, absoluta.

Quando Sean começou a recuar, Annie investiu de encontro a ele, querendo mais. Ele introduziu mais um dedo, com uma nova investida profunda, adorando o jeito como o prazer irracional tomava o rosto dela.

Sabendo como duplicar aquele prazer, ele foi além. Usando os longos dedos como vantagem, Sean encontrou aquele ponto mais acima, dentro dela, que iria lhe render aquele tipo de orgasmo que muitas mulheres nunca experimentaram.

Ele notou quando encontrou o ponto no instante em que Annie parou de se mexer e arfou.

Então Sean começou a acariciá-la com determinação. Brincava com ela, estimulava os dois pontos... tanto dentro como fora, com o polegar no clitóris, como se ela fosse um lindo instrumento desenhado para se encaixar à perfeição em sua mão.

E em poucos minutos Sean foi recompensado. Annie jogou a cabeça para trás, balançando-se com força contra a palma dele, até um clímax muito forte fazê-la estremecer inteira; e, acabada, ela desmoronou em cima de Sean.

Durante alguns longos e silenciosos minutos, Annie permaneceu ali em cima de Sean, ouvindo os batimentos cardíacos enfurecidos, sentindo o peito dele se movimentar com as respirações entrecortadas.

Ela entrelaçou os dedos no cabelo solto dele, amando a textura sedosa. Incapaz de resistir, também explorou o brinco dourado, mais do que nunca pensando em Sean como um daqueles piratas heróis, considerando que ela tinha sido agarrada e jogada na superfície mais próxima, o que permitiu que ela fosse possuída maliciosamente.

Por fim, ela começou a se mexer. Estava satisfeita, mas só momentaneamente. Porque havia mais a se fazer. Muito mais.

Porém, não ali. Não quando estavam a alguns metros de distância de uma janela imensa que dava para a rua, e também dentro de uma imensa sala de recreação infantil.

— Graças a Deus não deixamos nenhuma das crianças que não sabe usar o peniquinho por aqui — sussurrou ela. — E que a equipe de limpeza retira e desinfeta as bolas todos os sábados.

Sean ficou em silêncio por um minuto, então gemeu e devagar tirou os dedos de dentro dela. Ao flexionar a mão, ele a sentiu um tanto dolorida. Provavelmente Annie a tinha apertado muito forte com as coxas.

—Acho que eu poderia ter vivido minha vida inteira sem ouvir isso.

— Desculpe. Quero dizer, não lamento pelo que acabou de acontecer... — Annie tinha esperanças, pelo que iria acontecer depois — Mas o lugar, bem...

— No caso de encontrarmos alguma "surpresa" aqui na piscina, afinal, você sabe... existe a lei de Murphy... será que posso contar com a sorte de haver um sofá-cama no seu escritório? — Sean parecia tão esperançoso e satisfeito consigo pelo trocadilho com o próprio sobrenome que Annie deu uma leve risada.

— Não. — Sorrindo com uma expectativa maliciosa pura, ela acrescentou: — Minha mesa, no entanto...

Sean nem mesmo esperou que ela terminasse a frase. Erguendo--se da bagunça de bolinhas, saiu da piscina, então esticou a mão para ela.

—Venha.

Annie olhou para ele, lambendo os lábios quando o lampejo da lua captou o brilho nos olhos de Sean e os deixou como joias azul-escuras reluzindo na noite. O cabelo dele estava embaraçado, os lábios, entreabertos, e a respiração, ofegante. Como se mal conseguisse se controlar.

Annie não tinha conseguido tirar a camisa dele, embora estivesse desabotoada, caindo frouxamente sobre o cinto. Mas não solta o suficiente para disfarçar o volume imenso e grosso pressionado contra o zíper.

Ai, como desejava aquilo, dizia ela a si mesma.

Ajeitando a calça, Annie permitiu que Sean a ajudasse a sair da piscina. Porém ela não se levantou completamente. Em vez disso, ajoelhou-se, colocando o rosto perto da calça de Sean de propósito, deixando seu hálito cobri-lo, e os lábios roçarem muito de leve no volume.

— Quero ver você — sussurrou Annie. Sean envolveu o cabelo dela com as mãos. — Provar você. — Ele apertou mais as mãos. — Engolir você.

— Deus do céu… — Sean gemeu.

Enfim, sabendo que estava perto de se esquecer daquela maldita janela outra vez, Annie se ergueu. Entrelaçou os dedos nos de Sean, puxou-o e foi correndo para o escritório.

Annie mal havia passado pela porta quando ele já estava em cima dela outra vez, girando-a e abraçando-a. A boca de Sean foi voraz contra a dela, enquanto a língua mergulhava fundo.

Ele tirou a camisa com facilidade entre um beijo e outro.

Ela também, entre uma carícia intensa e outra.

Sean segurou-lhe o rosto e lhe deu um beijo sensual na lateral do pescoço.

— Está escuro demais aqui.

Afastando-se, Annie foi até a luminária e a ligou. De repente, uma luminosidade amarelada baniu a escuridão, e eles aproveitaram a oportunidade para devorar um ao outro com os olhos.

Estavam a poucos centímetros de distância, e, por um longo momento, nenhum dos dois falou. Annie duvidava, no entanto, que Sean estivesse emudecido por vê-la do modo que ela estava por causa dele. Ainda mais porque ele já tinha visto cada pedacinho dela na noite anterior, no apartamento.

Ela não o tinha visto, no entanto. E Sean a deixou sem fôlego, pois Annie não se lembrava de ter visto nada mais perfeitamente construído.

Não era de se admirar que o smoking parecesse sob medida, pois Annie não imaginava que algum tamanho padrão fosse servir. Não com o contraste entre aqueles ombros fortes e musculosos, aquele peito largo, a cintura fina e os quadris estreitos.

Uma espiral esparsa de pelos negros e crespos destacava os sulcos dos músculos sob a pele, e enfatizava o nivelamento da barriga enquanto trilhava uma linha fina abaixo, até a calça. E ele não tinha um tanquinho, mas uma lavanderia inteira.

— O que é que você está fazendo comigo, Sean?

Ele fez uma careta e balançou a cabeça, o olhar preso ao corpo dela, o calor e a contemplação brilhavam em seus olhos.

—Você não faz mesmo ideia do quão é atraente, não é?

Erguendo uma das mãos fortes, Sean tocou o rosto de Annie, então olhou para o corpo dela.

—Você é incrivelmente linda — sussurrou ele. —Tão feminina e delicada.

Annie não costumava sentir-se feminina e delicada. Reservava aquelas descrições para mulheres do tipo mignon, coisa que ela não era. De altura média, nunca tinha sido o tipo que chamava a atenção dos homens. No entanto, seu pulso pareceu pequenino naquela mão grande de Sean, a cintura, fina, quando envolvida pelos braços fortes.

A feminilidade pequena e estreita em torno dos dedos grossos.

— Você é tudo o que uma mulher deveria ser — murmurou ele, ainda encarando-a.

O sutiã branco era rendado e bonito, mas não produzia curvas milagrosas que Annie não possuía. Mesmo assim, Sean a olhava como se ela fosse a encarnação da figura feminina. Como se fosse morrer se não a tocasse, se não a provasse.

Ele confirmou isso pegando-a no colo e pousando-a sobre a mesa, abrindo-lhe as coxas para que pudesse se colocar entre elas.

Annie reservou um instante para agradecer por estar tudo impecavelmente arrumado, sem quase nenhum objeto sobre o imenso tampo de carvalho, então retornou ao presente, atraída pelo desejo na voz de Sean:

— Eu poderia passar horas dizendo o quanto me sinto atraído por você, o quanto a desejo. — Ele a beijou no pescoço. — Mas prefiro apenas possuir você em vez disso.

Annie só conseguiu gemer quando Sean desabotoou o sutiã, tirando-o. O desejo nos olhos escuros dele falava muito, dizia a ela todas as coisas que ele não tinha dito.

Sim, o jeito de Sean de se comunicar era muito eficiente. Porque, a julgar pelo calor da respiração ofegante, pelo músculo retesado no peito e nos braços, e pelo cume imenso em sua calça, ele desejava Annie desesperadamente.

Sean não foi tão selvagem e desenfreado como tinha sido no outro cômodo... Mas Annie não podia nem pensar em reclamar. Não quando era tão gostoso sentir a boca dele, os lábios e língua trilhando a curvatura de um seio, e então do outro.

— Por favor — choramingou enquanto Sean continuava a evitar os mamilos sensíveis.

Estavam rijos e voltados para Sean num convite descarado. Mesmo assim ele não deu o que Annie precisava, permitindo apenas que suas arfadas quentes passassem por eles vez ou outra.

Annie apertou as pernas ao redor de Sean, puxando-o para mais perto e roçando nele, para cima e para baixo, atormentando a ambos através das roupas.

— Annie... — gemeu ele.

— Dê-me o que quero e mostrarei clemência. — Annie jogou a cabeça para trás até o cabelo tocar o tampo.

Sean obedeceu, enfim cobrindo o mamilo e sugando-o com força. A sensação acendeu um cabo de força invisível dentro de Annie, que arfou diante de tamanha energia. A sucção deliciosamente cruel no seio enviava um choque de prazer depois do outro pelo corpo, pousando bem no ponto pulsante entre as pernas.

Gemendo, ela se pressionou contra ele, provando ter blefado.

Porque não havia nem uma pontada de clemência na oscilação selvagem de seus quadris, no jeito provocante como Annie o cavalgava. Ela arrancava um prazer irracional do membro rígido do único jeito possível, considerando que estavam vestidos.

— Annie... — Sean tornou a gemer.

Ela enfiou as mãos no cabelo dele, puxando-o para poder encarar aqueles olhos incríveis.

— Possua-me, Sean. Agora.

Tomando a boca dele com a sua, Annie enfiou a língua entre os lábios sensuais e estabeleceu o ritmo pulsante e forte que desejava que Sean adotasse quando estivesse dentro dela.

— Você me deixa louco — murmurou ele, toda a resistência desaparecendo enquanto se movimentava de encontro a ela. Sean abriu rápido seu cinto. — Insano. — Abaixou a calça. — Maluco. — A cueca escura justa também se foi. — Doido.

Annie mordeu o lábio quando viu o cume grande, rijo e quente que estava prestes a preenchê-la. Já havia tido amantes bem-dotados, mas nenhum tinha instigado uma luxúria tão imediata, ávida, de modo que todos os outros pensamentos, todas as inibições desaparecessem completamente.

Tremendo de expectativa, ela não conseguia manter as mãos firmes para tirar a própria calça desabotoada. Sean ajudou-a, tirando a calça e a calcinha minúscula. Em seguida, Annie ergueu os quadris sobre a mesa.

Ela tirou os sapatos e chutou as roupas para o chão. Então percebeu que Sean a encarava, um sorriso lascivo na boca sensual.

— Pretendo explorar com cuidado esse ponto lindo — disse Sean, sem tirar os olhos do sexo reluzente, entreaberto e aguardando por ele. — Depois.

A promessa foi o suficiente para fazê-la repensar suas exigências sobre o fato de ele a possuir de imediato. Porque uma exploração cuidadosa de sua parte mais sensível com aquela boca maravilhosa, aquela língua fabulosa, de repente soou como o paraíso.

Foi quando Annie viu Sean cobrir sua ereção com um preservativo que tirara do bolso da calça. E ela lambeu os lábios, sabendo o que mais desejava.

Ser completamente preenchida por ele.

Annie envolveu os quadris estreitos de Sean com as pernas nuas, amando sentir a pele mais áspera, os pelos das pernas dele roçando a macia parte interna das coxas. Então ela o posicionou onde desejava.

Agora, no entanto, foi a vez de Sean não demonstrar clemência.

Porque em vez de mergulhar dentro de Annie, ele deslizou a ereção contra os pequenos lábios. Subindo e descendo, ele se encharcava nos fluidos dela, passando aquela ereção quente sobre o clitóris até Annie ficar sem fôlego.

— Sean! — Ela se arqueou, exigindo a penetração.

Ele não a provocou por muito tempo mais, e Annie se perguntou quanto esforço tinha sido necessário para Sean arrastar aqueles momentos intensos de expectativa.

— Eu sei — murmurou ele.

Então Sean investiu com força, enterrando-se dentro dela. Annie estremeceu, penetrada tão profundamente que, num gesto instintivo, escorregou para trás sobre a mesa.

— Sim... — Annie deitou-se de costas, sem forças para ao menos segurar-se. Cada pedacinho de energia que ela possuía estava concentrado ali, no ponto onde aquele homem incrível deixava sua marca com investidas lentas e intensas.

Mas nem isso pareceu o suficiente para ele. Sem aviso, Sean agarrou as pernas de Annie, erguendo-as. Ainda muito arrebatada pelas sensações incríveis, ela mal percebeu o que ele fazia até Sean lhe dar um beijo na panturrilha. Então ele a pôs no ombro, fazendo o mesmo com a outra.

— Sean... oh... — Annie sentiu a penetração mais profunda por causa da posição.

Ele chegava a lugares de seu corpo que ela nem mesmo sabia que existiam.

E estava adorando totalmente.

— Você está bem? — perguntou ele, fazendo uma pausa para certificar-se de que Annie continuava consciente.

Ela estava. Mas não muito. Grande parte de Annie tinha flutuado para uma ilha do prazer para saborear o delicioso ataque a todas as suas terminações nervosas.

— Sem dúvida.

— Ótimo. — Ele não disse mais nada, entretanto Annie ouviu as palavras "porque não vou parar" mesmo assim.

O desejo de Sean tomou conta. Ele se encontrava melado e escorregadio, os músculos se contraindo enquanto erguia o peso de ambos.

Sean arremeteu com força durante algumas boas e incríveis investidas, então desacelerou, beijando a panturrilha de Annie, correndo a ponta do dedo pelas costas da perna dela. Até Annie se contorcer debaixo dele, querendo que Sean fizesse mais forte e mais depressa outra vez.

O prazer era intenso, irreal. Mas não a levava exatamente aonde ela precisava ir. E, como se soubesse disso, Sean fez uma pausa, o membro ainda enterrado ao máximo dentro dela, e levou a mão à parte interna da coxa de Annie.

— Goze para mim, Annie — sussurrou ele, então acariciou-lhe o clitóris com o polegar.

Annie chegou ao ápice instantaneamente. Como se o corpo estivesse apenas esperando por aquele convite rouco, erótico. Gritando, ela se arqueou, todos os músculos que possuía se enrijeceram em reflexo, e depois relaxaram.

E, antes que pudesse se recuperar, Sean retornou as suas investidas, até, em instantes, jogar a cabeça para trás, gemer e chegar ao clímax dentro dela.

Annie insistiu para levá-lo de carro de volta ao hotel. Apesar dos protestos de Sean, dizendo que poderia pegar um táxi, ela não se deixou ser dissuadida.

Então foi assim que Sean se viu sentado dentro da minivan repleta de brinquedos no banco de trás, um par de tênis de bebê pendurado no retrovisor interno e um adesivo sobre a porta magnética proclamando ao mundo que ela estava em um carro com crianças. Não era seu modo habitual de transporte. Mas ele não dava a mínima.

— Queria que você subisse comigo — murmurou ele quando Annie encostou diante do hotel.

Um porteiro espiou ambos de maneira hesitante, Sean, porém, acenou para ele quando se aproximou para abrir a porta.

— Tome um bom banho quente, deixe-me massagear os músculos que possam estar um pouco... doloridos.

Annie mordeu o lábio, ainda inchado por causa dos beijos. Ele imaginava que a garganta dela devia estar seca e arranhada por causa de todos os gemidos e gritinhos. Sean tentou seduzi-la mais um pouco:

— Posso pedir uma garrafa de champanhe para aliviar sua garganta, ajudá-la a relaxar...

—Você é muito sedutor.

Sean era um profissional, então precisava ser sedutor mesmo.

Não que estivesse pronto para contar isso a Annie. Não agora. E, considerando que ele achava de verdade que não iria voltar a vê-la depois do fim de semana, provavelmente nunca.

Sean tentou afastar o desânimo que vinha com o aviso mental de que o caso deles duraria apenas um fim de semana. *Você só tem espaço para isso*, uma voz o lembrou. *Tudo o que você sempre quis.*

Ou tudo o que ele já quis... antes daquele momento.

No entanto, Sean não podia ficar pensando nisso; não ainda, não até ter um instante para analisar exatamente o que tais sentimentos que vinha experimentando por Annie eram de fato.

— Bem... você vem? — Ele aveludou a última palavra, sabendo que agora, depois da primeira relação quente, intensa, teria forças para desacelerar e dar prazer a Annie até ela se afogar em orgasmos.

Annie parou o carro no estacionamento e se virou no banco para olhar para Sean.

—Você vai me seduzir.

— Sem dúvida.

— Acabarei passando a noite aqui.

— Meu Deus, espero que sim.

Ela suspirou, como se lamentando pelo que estava prestes a dizer. O que significava que ele iria lamentar.

— Sean, mal consigo manter as pernas fechadas do jeito que a coisa já está. Se eu ficar uma noite inteira com você, vou passar o fim de semana todo andando como uma mulher que transou até quase morrer.

O lado mais masculino dele não conseguiu evitar uma risada de autossatisfação diante da revelação honesta.

Annie não pareceu notar.

— Este fim de semana já será complicado o suficiente sem eu parecer tão obviamente...

— Satisfeita?

— Gulosa. Como alguém que se fartou em algo suculento e engordativo até não conseguir mais se mexer.

— Eis algo que eu gostaria de ver. O quanto seria demais, na sua opinião?

O olhar de Annie informou a Sean que ela não gostou da tentativa de deixar a situação mais leve.

— Teremos de viajar amanhã cedo se formos almoçar lá, coisa que prometi que faríamos. Então preciso ir…

— Tome um banho quente de espuma e beba uma taça de champanhe — sugeriu ele, soando o mais inocente possível.

Ela lhe deu um soquinho no braço, cutucando-o em seguida.

— Cale a boca.

— Estou calado.

— E saia.

— Devo admitir que começo a me sentir um pouquinho usado.

O engasgo de Annie foi um aviso de que ela quase tinha caído naquela conversa, mas o franzido de testa que veio em seguida mostrou que não foi por muito tempo.

— Como se qualquer homem solteiro vivo não quisesse ser usado assim.

— Bem, eu não disse que não gostei…

Annie mexeu no botão que destrancava todas as portas da van.

Provavelmente algum dispositivo de segurança para garantir que nenhum dos diabinhos caísse do carro no meio da rua.

—Vá.

Sabendo que ela não iria mudar de ideia, Sean pôs a mão no puxador da porta.

—Tudo bem, tudo bem. — Então, certo de que ele não iria durar pelas próximas 48 horas sem prová-la outra vez, Sean se inclinou e passou a mão no cabelo de Annie. Dando-lhe um beijo delicado na boca, sorveu-lhe o sabor, embriagado, sentindo o corpo dela relaxar quando ela entreabriu os lábios, receptiva.

Uma buzina interferiu, e Sean finalizou o beijo.

—Vejo você de manhã — disse ele. Annie sorriu, gentil.

— Cedo.

— Certo.

— Sean? — chamou Annie, o tom rouco, os lábios úmidos. — Eu queria poder ficar.

Ouvindo o arrependimento genuíno na voz dela, Sean só pôde ecoá-lo:

— Eu também queria que você ficasse. Boa noite, Annie. — Sean abriu a porta e saiu. — A propósito, prepare-se para estacionar este veículo charmoso aqui amanhã de manhã. Eu vou dirigir.

Ele teria se oferecido para buscá-la em casa, mas, sinceramente, Sean pensou além. Gostava da ideia de tê-la voltando ao hotel no domingo, ao fim da tarde... Uma chance melhor para seduzi-la a passar a noite inteira ali.

— Eu não sabia que você tinha um carro!

— Não tenho. — Sean esboçou um sorriso pretensioso. — Mas isso está resolvido.

— Não posso aparecer na casa da minha família com uma limusine.

— Sem chance — disse ele. — Acha que quero que eles me tomem como um riquinho mimado, um cafetão ou um traficante?

Ela riu e revirou os olhos.

— Até parece...

— Sério, não se preocupe. O hotel tem um serviço de aluguel de carros. Já resolvi isso.

Era verdade. O hotel tinha um caríssimo serviço de aluguel de carros de luxo, mas valeria a pena. Primeiro, permitiria a Sean evitar outra voltinha em um carrinho de bebê disfarçado de carro de verdade. E ele poderia dirigir, permitindo a Annie relaxar pelo longo trajeto até a casa dos pais, pois Sean sabia que ela já estaria se sentindo ansiosa e preocupada.

— Tudo bem. — Annie aceitou a explicação dele sem mais questionamentos. Provavelmente porque queria ir logo... sair dali imediatamente, antes que ele tentasse convencê-la outra vez a ficar.

Sean poderia fazê-lo. Parte dele queria muito.

No entanto, outra parte, aquela que enxergava a fadiga nos olhos dela e o jeito como Annie ficava se remexendo no banco, como se realmente estivesse um pouco desconfortável, era mais sensata.

Annie teria dois dias estressantes pela frente. Seria melhor enfrentá-los depois de uma boa e ininterrupta noite de sono. E não estando fisicamente desconfortável depois de uma boa e selvagem noite de sexo.

Porém, e quando eles retornassem no domingo, depois que Sean a ajudasse a encenar sua pequena farsa para a família? Bem, então todas as apostas cairiam por terra.

Ele teria o que desejava. Ofereceria o que ela havia pedido. E iria dizer adeus a Annie, consciente de que ambos teriam conseguido mais do que jamais sonharam de um único lance de leilão.

Capítulo 7

Annie já tinha visto conversíveis elegantes e ridiculamente caros como aquele que Sean alugou, mas nunca tinha andado em um de fato. Por isso jamais tinha escutado o rugido do motor poderoso, que estava mais para um ronco suave vindo do interior. Nem tinha percebido que o poder do motor parecia tangível, como se o veículo fosse uma criatura viva arreada e impaciente para sair.

— Nossa, este carro é sexy! — disse ela, surpresa com o quanto era bom ficar apenas de carona, observando os quilômetros passarem enquanto os pneus largos deslizavam sobre o asfalto fumegante.

— É ótimo de dirigir, também — Sean falava alto o suficiente para se fazer ouvir apesar do vento e da música. — Talvez você possa assumir o volante depois.

Sem chance. Com sorte, ela terminaria em um barranco e acabaria tendo que vender um rim para pagar parte dos danos.

— Tudo bem, estou bem aqui. — Annie acomodou-se melhor no banco de couro macio.

Em geral a viagem de duas horas e meia para casa parecia interminável e tediosa. Cada quilômetro que se arrastava sob os pneus de sua minivan a deixava de mau humor.

Embora Annie adorasse a família e amasse ir vê-la nos feriados, sempre havia a conversa inevitável, a qual ela daria qualquer coisa para evitar. Aquela em que todos a encurralavam e exigiam que finalmente admitisse que estava solitária e infeliz morando na cidade grande, longe de todos.

O fato de Annie nunca se sentir assim, e de aquilo não ser verdade, não impedia que ficassem repetindo o refrão durante pelo menos uma reunião familiar em todas as ocasiões.

Aquela viagem, no entanto, estava moldada para ser totalmente diferente. Talvez pelo homem ao seu lado, cuja presença iria proporcionar alguma barreira física e também, Annie tinha esperanças, fazer o clã parar de atormentá-la, ainda que um pouquinho.

Ou talvez fosse apenas o puro prazer de andar sob o céu azul reluzente com o vento soprando em seu cabelo e o rock pesado saltando dos alto-falantes.

Era... libertador. Eis uma boa palavra para descrever. Annie se sentia livre das expectativas da família, do estresse do trabalho, do seu histórico romântico horroroso.

Livre apenas para aproveitar o vento no rosto e a presença forte e sólida do homem ao lado. E, ao passo que gostaria muito de se sentir livre o suficiente para pedir a Sean para encostar e fazer amor com ela sob o céu vívido de verão, sabia que não tinham tempo. Não para o tipo de amor que ela queria fazer com ele naquele momento.

A última noite tinha sido intensa, rápida e frenética. Totalmente enlouquecedora.

E agora? E se ela desse um jeito e pudesse de fato fazê-lo parar em uma estrada rural isolada? Annie iria querer horas e horas de prazer profundo e sensual sob os raios quentes e entorpecentes do sol.

Ela se remexeu no assento, ainda macio. Estava muito ciente do domínio dele na noite anterior, e queria tanto mais que mal conseguia tolerar a espera.

— Obrigada por dirigir — disse Annie, necessitando pensar em outra coisa. Falava alto para ser ouvida com o barulho do motor, a música e o vento. — Embora eu considere este veículo caro o suficiente para colocar aquelas ideias de cafetão ou traficante na cabeça de uma pessoa normal.

— Bem, vou fazer com que eles saibam que é alugado. — Como se soubesse que Annie lhe agradecia por mais aquele gesto, Sean esticou o braço para segurar-lhe a mão, apertando-a de leve. — Seria ótimo simplesmente continuar seguindo para o oeste até chegarmos ao oceano Pacífico. — Ele arqueou as sobrancelhas. — Ou encostar e fazer um bom e longo... piquenique. — Balançando a cabeça, acrescentou: — Mas estamos quase chegando.

Como, Annie se perguntava, Sean conseguia ser tão intuitivo, sabendo que não havia nada que ela adoraria mais do que continuar a viagem, para ver algo novo, o imenso e lindo oceano, e ignorar todo o calvário com seus familiares? Por que Sean parecia conhecê-la tão bem depois de alguns poucos dias, quando a própria família mal a conhecia depois de 27 anos?

E alguém já a tinha conhecido? Sério, será que houve uma única pessoa capaz de compreendê-la completamente? Não apenas seus objetivos, mas seus sonhos mais profundos, seus conflitos, o jeito como ficava dividida entre querer buscar novas experiências e ainda assim manter o calor e a felicidade em família? A ousadia de ver o mundo... e a estabilidade de um lar e de uma vida repleta de amor e acolhimento?

Annie achava que não. Nunca.

Sean soltou-lhe a mão, precisando reduzir a marcha, e a distraiu de seus pensamentos melancólicos.

— Como está o garoto aí atrás?

Annie olhou para o banco de trás. Wally, que costumava ficar muito irritado na van, estava muito comportado, esparramado na caixinha de transporte; se não dormia, passava uma boa impressão de estar adormecido. Embora abrigado da maior parte do vento, ele parecia gostar de senti-lo despenteando os pelos de sua barriga, porque se mostrava completamente feliz.

Annie ainda não conseguia compreender como o gato ultramimado tinha se dado bem com Sean de imediato. Wally adorava o toque de Sean tanto quanto ela.

Nem pense nisso, ela lembrou a si mesma. Passear ao lado de Sean, sentir o calor dele, o cheiro masculino e almiscarado da sua pele já era o suficiente para distraí-la. Render-se às lembranças de cada momento delicioso na noite anterior na certa iria fazê-la esquecer o tempo e exigir que ele encostasse o carro.

Ao passarem por uma placa indicando que a saída para Green Springs estava a apenas uns 15 quilômetros adiante, Sean desligou o poderoso rádio.

— Acho que um bom resumo cairia bem.

— O quê?

— Abordamos tantos detalhes ontem à noite... talvez você devesse me testar. Embora, é claro, não haja dúvidas de que eu me lembro do que você usa para dormir. — Então, com um tom satisfeito na voz, acrescentou: — Ou que sei exatamente onde fica o verdadeiro lugar onde você sente cócegas.

Ai, céus. Annie se remexeu no banco, de repente sentindo muito mais calor do que sentira um instante antes, sob os raios diretos do sol.

— Mas não creio que alguém vá perguntar essas coisas.

— Pode apostar que não. — Feliz pela oportunidade de se concentrar na chegada deles, e não no quanto queria que Sean parasse e fizesse todas as coisas que não tinha feito na véspera, Annie pensou nas questões mais cruciais.

Aquelas nas quais um homem que estava namorando fazia alguns meses com certeza saberia.

— Como se chamam os meus irmãos?

— Jed é o mais velho, e é noivo de Becca. Depois vem Steve, que é um ano mais velho que você e é o conquistador da família. — Sean passou rápido pelos detalhes; obviamente aprendia depressa. — Randy é o caçula, e está interessado em se juntar à força aérea, embora não tenha desenvolvido tanta coragem quanto você para contar isso aos pais.

Ela bufou, tomando aquilo como elogio.

— Certo. Mas não diga uma palavra sobre isso.

— Nem sonhando. — Ele semicerrou os olhos, concentrando-se. — Hum... o que mais? Ah! Randy tem quase 21 anos. Isso é fácil de lembrar, pois é a mesma idade da minha irmã.

Era a primeira vez que ele mencionava um membro da família além dos pais, e o sorriso carinhoso indicava um relacionamento próximo.

— Irmã? Onde ela mora?

— Na Irlanda.

— Você a vê com frequência?

— Quase nunca. Moira e eu costumamos manter contato por telefone e e-mail. — Sean calou-se por um instante; então, como se tivesse pesado suas opções e concluído que poderia confiar em Annie contando mais sobre si, continuou: — Tive uma briga com meu pai há muitos anos e não voltei para casa desde então.

— Entendo.

— Não, provavelmente não entende. Dá para perceber na sua voz, quando fala de seus familiares, que os adora, muito embora eles a enlouqueçam.

— Isso quando não quero jogar todos num rio.

Ele achou graça.

— Ainda detecto carinho genuíno aí.

— Mas não tem nenhum carinho em sua família?

Sean tirou o cabelo negro e sedoso do rosto... o vento havia soltado o rabo de cavalo. Ai, Deus, será que o pai dela iria fazer algum comentário sobre isso, e sobre o brinquinho dourado brilhando no lóbulo da orelha?

— Eu amo meu pai — admitiu Sean, e parecia doloroso para ele dizer aquilo em alto e bom som. — No entanto, na minha família, o carinho tem um preço. Se você pagar, fica tudo bem. Se não...

— É por isso que você mantém contato com sua irmã apenas por telefone e e-mail?

— É mais ou menos por aí. Mas sempre que ela viaja para fora da Irlanda eu tento marcar alguma reunião de trabalho para encontrá-la. — Uma risada perversa escapou dos lábios dele. — Mostrei a Moira os lugares badalados de Praga quando ela estava com 17 anos, e o Red Light District em Amsterdã um ano depois.

Annie meneou a cabeça, sendo capaz de imaginar a cena.

— Tentando corrompê-la internacionalmente?

— Apenas tentando permitir que Moira viva um pouco, já que nosso pai e a mãe dela a reprimiram bastante por causa das escolhas que eu fiz.

— Que pena...

Embora Sean não tivesse franzido a testa nem se mostrado arrependido por ter revelado a Annie as coisas que contou, ele logo retornou ao assunto em questão:

— O relacionamento com seus irmãos é assim?

— Eles não seriam capazes de encontrar Praga em um mapa — murmurou Annie, então suspirou diante do próprio tom. — Desculpe. Isso foi maldoso. Eles são rapazes muito bons. Steve e eu éramos como gêmeos na infância. Praticamente inseparáveis.

— Mas?

Ela deu de ombros.

— Mas eles nunca saíram de casa. Nunca quiseram. Nunca vão querer. Randy pretende se alistar porque é jovem e patriota... No entanto, se o fizer, garanto que voltará para cá e ficará até o fim dos seus dias.

— Ao passo que você mal podia esperar para viver sua vida quase em qualquer outro lugar.

— Isso mesmo. Eu tinha pôsteres de cidades estrangeiras nas paredes do meu quarto, mapas, folhetos do Corpo da Paz, até mesmo o segmento militar deles. Qualquer coisa que pudesse me levar para um lugar bem longe e diferente.

Sean ergueu as sobrancelhas e então se virou para lhe dar uma olhadinha breve e surpresa.

— Corpo da Paz? Certo. Mas o segmento militar? — Balançando a cabeça diante de tal possibilidade, Sean nem mesmo precisou dizer o que pensava.

Não que ele estivesse errado.

— Ei, eu só estava enxergando sob todos os ângulos. — Lembrando-se do alvoroço que tinha acompanhado a chegada de um envelope do exército com o nome dela na época da escola, Annie revirou os olhos. — Mas não levei o plano a sério. Meu pai disse que me trancaria no porão se eu ao menos cogitasse me alistar. — Sean deu risada. — Minha mãe foi pior. Ela afirmou que eu estaria colocando as vidas de meus irmãos em risco porque todos eles teriam que se alistar também, para me manter em segurança, incluindo Randy, que tinha 11 anos naquela época.

Céus, a mãe dela era boa em conseguir com que tudo fosse feito do seu jeito. Pelo menos, tinha sido boa. Não mais. Annie havia provado o gostinho da liberdade e nunca desistiria.

— Esse é mais um motivo pelo qual Randy está enrolando para contar a eles que deseja se alistar agora — acrescentou Annie.

— Bem, 21 é melhor que 11. — Sean sorriu. A risada logo esmoreceu e o tom ficou sério: — Chicago não é longe o suficiente para você, no entanto, é? Não em longo prazo.

Engraçado Sean ter se dado conta disso tão depressa.

— Amo Chicago, e não sou nem um pouco infeliz nessa cidade, onde tenho uma empresa ótima, muitos amigos e, algum dia, com certeza, ficarei satisfeita em sossegar e criar minha família.

— Mas?

— Mas você pode apostar que estou juntando meus tostões para viajar o mundo antes de esse dia chegar. — Ela balançou a cabeça e encarou as árvores chicoteando ao longo da estrada. — Para o restante dos Davis, Green Springs é o mundo, e é exatamente assim que eles gostam.

— Sonhos diferentes — refletiu ele, a voz tão baixa que Annie quase não conseguiu ouvir por causa do vento. — Nenhum é melhor.

Nenhum é pior. São apenas diferentes.

Sonhos diferentes. Tudo se resumia a isso.

Annie não respondeu, não precisava. Porque, com aquelas palavras, Sean mostrou que tinha compreendido tudo. O motivo pelo qual Annie tinha ido embora, por que a família dela tinha se aborrecido com isso. Por que odiava voltar e lidar com a decepção deles em todas as ocasiões. Até mesmo por que estava sentado ao lado dela no carro, prestes a ajudá-la a enfrentar o fim de semana com uma combinação de meias-verdades e pretextos.

Annie tinha sonhos diferentes... os quais sua família não compreendia.

No entanto, de algum modo, o homem sentado ao lado dela, a quem conhecia havia menos de uma semana, os compreendia.

Sean não sabia bem o que o esperava quando subiu a estrada estreita que dava na casa em que Annie havia passado a infância.

Lógico que ele tinha visto muitas fazendas na Irlanda, várias delas nas terras dos Murphy, que seu pai alugava para terceiros. Mas a maioria era pequena, com administrações familiares de pequeno porte, com ovelhas pastando em campos verdejantes e um toque de cor em suas costas para distinguir os rebanhos entre os vizinhos. Chalés pontilhavam a paisagem, com celeiros em ruínas e arados antiquados enferrujando nos campos.

Nada parecido com aquilo ali.

— Meu Deus, este lugar parece uma fábrica! — comentou Sean enquanto dirigia ao longo do enorme celeiro moderno, com dois andares e alguns metros de comprimento.

Uma pequena frota de caminhões estava estacionada ao final, todos com o mesmo logotipo de laticínios de uma vaquinha sorridente. Equipamentos impecavelmente cuidados eram visíveis através das portas abertas de outro prédio, e vários trabalhadores vestindo calça cáqui e camisa de uniforme estavam à vista.

— Eu imaginava alguma coisa mais como...

— *A Família Buscapé*?

Sean olhou para Annie, que tinha notado a sua surpresa e se divertia com isso.

— O que é isso?

— Um filme sobre uma família caipira... Esqueça, não importa. — Ela apontou o topo de uma colina depois dos celeiros, com um campo inclinado onde os cavalos pastavam preguiçosamente sob o sol reluzente de junho. — A casa fica ali.

Mais uma surpresa.

A casa dos pais de Annie era imensa, dispersa, uma casa de fazenda de três andares pintada de amarelo intenso com persianas brancas contrastantes em todas as janelas. Canteiros repletos de narcisos que o faziam lembrar-se do lar paterno cercavam a ampla varanda da frente. Árvores altas marcavam o perímetro verdejante de um gramado bem-cuidado, separado do pasto por uma longa cerca. Havia até mesmo um caramanchão completo, com um banco de gangorra para duas pessoas na beira de uma colina inclinada que se fundia à extensa paisagem.

A casa dos Davis era completamente diferente do que Sean tinha imaginado.

Calado pelo espanto por causa dos próprios preconceitos, ele dirigiu colina acima. Considerando o quanto havia errado sobre a propriedade, Sean não se surpreenderia se também tivesse subestimado completamente a família que estava prestes a conhecer.

Uma pitada de desconfiança arrastou-se por sua espinha. Talvez aquilo não fosse ser fácil como tinha imaginado.

Ao estacionar na lateral da casa, entre duas caminhonetes monstruosas e um utilitário do tamanho de um prédio, ele ouviu Annie suspirar em resignação.

— Qual é o problema?

— Todos já estão aqui — disse ela, observando os veículos.

— Seus irmãos?

— Sim. Eu esperava poder apresentá-los a você aos poucos, em vez de todo mundo de uma vez só.

— Pensei que todos morassem aqui.

— Randy mora. Mas Steve e Jed têm as próprias casas, que construíram aqui nas redondezas.

Sean teve uma desconfiança súbita.

— Nas terras de seu pai?

— Ele deu cem acres para cada um, para que construíssem quando completassem 25 anos.

Sean começava a entender.

— Onde está seu quinhão? — murmurou ele, observando a reação dela, já imaginando qual seria.

Não ficou decepcionado. Annie esfregou uma das mãos sobre os olhos, suspirou, então acenou de forma geral em direção ao leste.

— Entendo.

Sean não só começava a entender como a perceber o quanto a coisa era séria. Annie não tinha nada a ver com a garotinha do interior que tinha aparentado ser. A família devia ser riquíssima, administrando uma fazenda de laticínios muito bem-sucedida. Eram todos donos de uma terra cujo tamanho ia até onde os olhos podiam ver.

O que explicava o excesso de proteção para com Annie. Sean não se preocupara muito com o encontro com eles, considerando seu "curso intensivo" e sua habilidade para se dar bem com todos. Ah, estava preparado para não gostarem dele por causa da vontade que tinham de ver Annie de volta ao lar, mas isso era natural, não era muito bem uma preocupação.

Agora que Sean via como eles viviam, no entanto, começava a compreender os motivos, e prever a verdadeira profundidade de aversão iminente deles.

Annie era a única filha em uma família rica e unida, do tipo que construía suas casas a poucos quilômetros umas das outras para garantir que todos permanecessem juntos. Já Sean era o único filho em uma família que ainda tentava fazer casamentos arranjados, pelo amor de Deus.

Sean se perguntava o que Annie diria se soubesse o quanto a criação de ambos era parecida. Que ele a compreendia muito mais do que ela poderia imaginar.

Ele também se perguntava se era uma coisa boa, ou ruim, sentir o coração se contorcendo no peito por ela ao perceber o quão sério Annie falara sobre sua dificuldade na vida familiar.

Sean tinha ido para lá pensando nela como a típica solteira "não posso aparecer em casa sem namorado". Mas ela falara sério. A situação de Annie era tão complicada quanto a sua.

Ela havia escolhido fugir cuidando de criancinhas. E ele, cuidando das necessidades de desconhecidas. Eram diferentes... mas tinham o mesmo sonho de independência das expectativas familiares.

Sean e Annie possuíam os mesmos sonhos.

Ele ficou quase chocado com a profundidade da compreensão,

da emoção que sentiu de repente pela mulher linda e determinada sentada ao seu lado. As distâncias que ela havia percorrido podiam até não ter sido tão extremas quanto as dele, mas Annie tinha se esforçado muito para chegar onde estava, e para permanecer lá. Incluindo pagar uma enorme quantia de dinheiro da qual, Sean desconfiava, Annie não podia dispor, visto que não tinha um estilo de vida apoiado pela família, para manter sua independência.

Oferecendo um lance por ele.

Sean faria qualquer coisa que pudesse para ajudá-la. Qualquer coisa, exceto confiar nela. Porque Sean não estava nem perto de se sentir pronto para contar a Annie o quão bem compreendia a situação dela, e o que um desespero similar o levara a fazer.

Ele nunca tinha se importado muito com o próprio estilo de vida, ou com o que as pessoas pensavam dele, com exceção de sua irmã. E agora... agora — percebia com o coração dolorido — com exceção de Annie.

Droga. Estou encrencado. Sean desejava fugir, depressa. No entanto, desejava mais ainda tomar Annie nos braços e dizer a ela que compreendia, que ela não estava sozinha.

Mas, que droga, ele estava. Sozinho. Sempre. E era assim que precisava permanecer.

Não era?

— Acho que este lugar é maior que a propriedade da minha família — murmurou ele, enfim, olhando pelo para-brisa para a paisagem arrebatadora.

A encosta verde e o vale abaixo estavam pontilhados por algumas ovelhas... Sean esperara ver aquelas lindas fofinhas.

— Propriedade? — Annie riu, distraída de sua melancolia. — Você é um riquinho mimado?

— Não mimado — esclareceu ele quando se virou para flagrá-la observando-o.

Sean não se ofendeu com a risada de Annie. Não poderia, ao vê-la enfim relaxada, sorrindo — pelo menos um pouco —, os olhos refletindo o azul suave do céu.

— Devo chamá-lo de lorde Murphy?

O pai dele não adoraria aquilo?

— Não. Um de meus antepassados bêbados perdeu o título e metade de suas terras ao irritar alguns membros da realeza, alguns milhões de anos atrás.

Annie ficou de queixo caído. Ela estava brincando. Ele não. — Ah, uau! — verbalizou sua surpresa. — Acho que eu deveria ter feito um bom resumo sobre você.

Aquilo não iria acontecer. Não se Sean pudesse evitar.

No entanto, ele supunha que revelar alguns detalhes seria sábio.

Ainda mais depois de ter percebido que o fim de semana poderia não ser tão fácil quanto tinha imaginado originalmente. Não se aquela família rica do interior tivesse milhões de razões para ser superprotetora com sua única filhinha.

— Bebo chá, não café. Açúcar, sem leite. — Sean tentava pensar no que poderia surgir durante a breve visita. — Só cerveja escura... a clara é para crianças. A cerveja Murphy é a melhor, mas não dá para encontrá-la nas torneiras de barris deste continente. — Pensou mais um pouco. — Vejamos... Estudei na Trinity College em Dublin; era conhecido por deixar sujeitos inconscientes no campo de rúgbi... e falo seis idiomas.

Annie arregalou os olhos.

— Seis?!

Sean deu de ombros.

— Tenho o dom irlandês da tagarelice. — Falando depressa, já que eles poderiam ser interrompidos a qualquer momento, ele continuou: — Nunca permaneço em um lugar por muito tempo e tenho apartamentos em algumas cidades, mas nada que possa ser chamado de lar de verdade em nenhum dos casos.

— Que triste...

Talvez para ela. Para Sean, era o único estilo de vida que sempre tinha desejado. Mas ele não queria explicar isso... não naquele momento, pois não tinham tempo. Além do mais, ainda não havia decifrado bem o quanto queria que Annie soubesse sobre sua vida.

Ou o quanto poderia estar disposto a mudar nessa vida se pudesse mantê-la nela por só mais um pouco.

Afastando aquela ideia inacreditável, Sean voltou àquilo no qual era bom: insinuações.

Ele sorriu com malícia, deixando Annie ver o calor em seus olhos.

— Mais um detalhe importante que você deveria saber... Eu não uso nada para dormir.

Funcionou. Annie lambeu os lábios e passou o olhar faminto sobre o corpo dele. Parecia tão predatória quanto seu gato, e Sean daria praticamente tudo para sair dali e deixar que Annie o devorasse, do jeito como parecia querer fazer.

— Mal posso esperar para vê-lo de pijama, então — sussurrou ela.

— Safadinha... Mas o que a família iria dizer?

O dar de ombros despreocupado de Annie respondeu à pergunta quando ela se inclinou um pouco para sussurrar:

— Quantas horas precisamos ficar aqui mesmo?

Com a cabeça repleta de todas as coisas que ainda queria fazer com aquela mulher, Sean chamou-se de idiota com uns dez termos diferentes. Eles tinham sido amigáveis e casuais durante todo o tempo ali no carro. Por que, agora que estacionaram bem na frente da porta da casa, ele precisava provocá-la para Annie lembrá-lo do quanto o desejava?

Ainda mais se considerasse o fato de que ele ainda se recuperava da profunda conexão que tinha descoberto entre os dois, e das emoções que tal descoberta inspirara.

Como se também lamentasse pelo momento errado, Annie pigarreou e acenou, ignorando o assunto todo.

— Esqueça que perguntei isso. Não estou contando as horas desde o momento em que saímos do seu hotel, afinal.

Ele também.

— Vamos retomar esta conversa quando voltarmos a este carro para a viagem de volta, está bem?

— Fechado.

— Talvez — disse ela lambendo os lábios — possamos explorar algumas novas estradinhas amanhã antes de pegarmos a autoestrada.

— Particulares?

— Ah, com certeza...

Hum. Sexo no carro sob o sol quente. Parecia simplesmente perfeito.

— Vou cobrar essa promessa.

— Eu não esperaria outra coisa. — Com o bom humor retornando, Annie perguntou: — Então... Há algo mais que eu deveria saber antes de apresentá-lo ao clã dos Davis? Quero dizer, você não é, digamos, o décimo na linha de sucessão do trono da Inglaterra, certo?

Revirando os olhos, Sean passou a mão no cabelo louro e sedoso de Annie, desejando tocá-la mais uma vez antes de entrarem.

— Vocês, americanos... Será que não sabem nada de história que não seja a de vocês?

— Acho que não — admitiu Annie. E virou-se para beijar a palma de Sean, os lábios macios e úmidos contra a pele quente. — Mas você é metade americano também, certo?

Ele assentiu, admitindo, mas sem pretender continuar a provocá-la, não quando a boca suave o acariciava tão suavemente, deixando-o louco.

Incapaz de resistir mais, Sean retirou a mão, se inclinou, eliminando o pouco espaço que sobrava entre eles, e roçou a boca na de

Annie. Ela inclinou a cabeça para recebê-lo, o cabelo bagunçado por causa do passeio caindo sobre o antebraço nu de Sean.

Beijá-la à luz do sol era um prazer novo, que trazia novas sensações. O acasalamento preguiçoso das línguas evocava tardes longas e letárgicas, fazendo amor lenta e tranquilamente durante horas. Do tipo que não tinha o orgasmo como destino final, mas sim os prazeres deliciosos ao longo do caminho.

Sean poderia tê-la beijado durante o dia inteiro, acariciado o rosto delicado, inalado o perfume irresistível de pêssegos que parecia encobrir seu corpo inteiro. Mas de repente algo o atingiu na cabeça, e ele se afastou.

Esperando ver os irmãos furiosos de Annie, Sean ficou atordoado quando, em vez disso, se viu cara a cara com um...

— Deus do céu, o que é esta coisa?!

Com os olhos arregalados, ele só conseguia encarar enquanto uma ave imensa enfiava a cabeça no conversível outra vez. Agora, no entanto, a criatura não mirou seu bico pontudo e duro para a cabeça de Sean, mas seguiu em direção à mão esticada de Annie.

— Este é Radar. — Sorrindo com visível satisfação, ela ficou de joelhos sobre o banco do carro, observando o animal dar um salto desajeitado e pousar no capô, e então saltar para ficar do outro lado.

Sean ficou de queixo caído. Havia marcas de ave na Ferrari.

Marcas de ave.

Seria interessante explicar isso para a empresa de aluguel. Jesus Cristo, considerando o tamanho do bicho, eles precisariam verificar e ter certeza de que não havia amassados sob as marquinhas.

— Olá, garoto! Sentiu minha falta, não é? — perguntou Annie quando esticou a mão para acariciar com muita ternura as penas macias da cabeça do pássaro.

— O que exatamente ele é? — perguntou Sean, por fim desviando a atenção das manchas circulares de sujeira no capô vermelho reluzente.

— Um emu.

Um emu simplesmente tinha acabado de lhe bicar a cabeça. Aquilo não era um bom presságio para o fim de semana.

Atrás deles, Wally enfim tinha acordado e avistado o recém-chegado. O velho gato malhado ficou nas quatro patas, as costas arqueadas, sibilando através do topo de seu transporte. Cada pedacinho dele estava completamente arrepiado, então Wally parecia maior.

— Wally pensa que Radar é um futuro frango frito — disse Sean, ainda balançando a cabeça. — Tem algum motivo em especial para esse seu amigo emu ter bicado minha cabeça?

— Ele é um tanto superprotetor — respondeu ela, quase abraçando a bola de penas superdesenvolvida, que agora bisbilhotava sua camisa de seda sem mangas, como se estivesse buscando bolsos que pudessem conter comida.

Quando Annie chegou ao hotel naquela manhã, Sean observou bem aquela blusa. A boca ficou cheia d'água de desejo diante da lembrança daqueles seios lindos e delicados tão perfeitamente delineados pelo tecido.

Então poderia ter dito à ave que não havia bolsos. Porque ele havia olhado. Com muita atenção.

— Os emus não costumam ser muito amigáveis. Mas criei Radar desde pequenininho. Ele foi meu projeto final na escola, e me adora. Agora é como o cachorro da família, perambulando pelo quintal. — Deus, Sean não gostaria de pisar em nada que a ave deixasse no gramado. — Ele é bonzinho na maior parte do tempo. Só que não gosta nem um pouco de estranhos. Vai ter que se acostumar com você.

— Tenho certeza de que ele faz um ótimo trabalho assustando intrusos. — Se Sean ficasse cara a cara com aquilo em uma noite escura, pensaria duas vezes antes de tentar passar por Radar. Sobretudo se quisesse acordar na manhã seguinte sem nenhum buraco no crânio.

De repente, como se pegando a deixa, seu crânio foi cutucado outra vez.

— Opa! O que é ...?

Ele se virou para encarar um dos irmãos — tinha que ser um deles desta vez —, mas encontrou mais uma criatura completamente diferente.

— Deus do céu!

— Bééé — respondeu a coisa, soando como um cordeirinho em vez de o mamute babão e cheio de lã ao qual se assemelhava.

Apesar de suas viagens ao redor do mundo, Sean nunca tinha visto aquele animal.

— Rex! — berrou Annie, muito satisfeita.

Rex olhou para cima ao som da voz dela, esquecendo-se da cabeça de Sean e da placa invisível que dizia "Bata em mim" que ele suspeitava estar pendurada ali. Rezando para o monstro não saltar como a ave fizera, Sean apontou um dedo e lhe lançou um olhar severo.

— Nem mesmo pense nisso, fofinho.

— Ele é uma alpaca. Não é uma gracinha?

Parecendo encantada, Annie ajoelhou-se em cima do banco. Preparando-se para colocar uma das mãos sobre o para-brisa, ela se curvou até a região da cintura e se inclinou por cima de Sean, em direção ao lado do motorista, para poder acariciar o recém-chegado.

Sean não se importou muito com a invasão. Porque deixava o quadril de Annie a uns cinco centímetros da sua boca. As pernas lindas e esbeltas estavam exibidas em uma vantagem incrível sob a saia soltinha de seda que ela usava. O tecido havia caído para a frente, revelando a parte de trás das coxas quase até o traseiro. E uns cinco centímetros da pele macia foram revelados quando a camisa se soltou do cós.

Homem faminto, eis aqui seu bufê, coma tudo o que conseguir.

Incapaz de resistir, ele deslizou uma das mãos pela parte de trás de uma das pernas, bem devagar, saboreando a textura e o calor dela até chegar à parte interna da coxa. Era suave, lisa e tão macia. Sean respirou fundo, lembrando-se de como tinha sido sentir aquelas pernas ao redor de seus quadris na noite anterior, quando adentrara naquele corpinho estreito.

A lembrança enviou uma onda de interesse direto para o colo dele. Sean realmente precisou se remexer no assento quando seu membro lhe informou que estava ansioso para seguir adiante.

Se estivessem em um lugar mais privativo, ele adoraria virá-la para encará-lo. Recostaria Annie no para-brisa e abriria as pernas dela totalmente para um exame íntimo. Sua intimidade linda e reluzente iria chamar para um beijo, e ele exploraria cada centímetro dela de maneiras que não tinha conseguido fazer na noite anterior, no frenesi da primeira vez.

— Sua saia poderia muito bem ser vermelha — murmurou ele, inclinando-se para que suas narinas fossem preenchidas pelo perfume da pele dela. — Estou me sentindo um touro sendo tentado a atacar. — Annie olhou para Sean, pelo visto só então percebendo o quanto aquela posição era tentadora para ele. — Simplesmente chame-me de El Matador.

— Prefiro chamá-la de mulher nua com quem vou fazer amor dentro de dois minutos. — Sean olhou para Annie e franziu a testa. — Embora eu creia que tivesse de esperar e só chamá-la daqui a pouco mais de 24 horas.

Não que ele conseguisse esperar por tanto tempo para ter pelo menos uma amostra. Inclinando-se, Sean pressionou a boca naquela faixa deliciosa de pele na cintura de Annie, lambendo de leve.

— Hum — gemeu ela, fechando os olhos, ficando paralisada.

— Hum mesmo — respondeu ele, beijando-a outra vez, agora mordiscando a pele delicada logo acima do ossinho do quadril.

Tum!

— Jesus Cristo! — Sean se perguntava se o zoológico inteiro do dr. Dolittle tinha resolvido atacá-lo.

No entanto não era mais uma criatura peluda ou cheia de penas que estava atrás de Rex. Na verdade, essa tinha pele. Mais de 1,80m de pele, ele julgava.

E também cabelo louro igual ao de Annie. E olhos azuis tempestuosos. Isso sem mencionar a testa muito franzida.

Sensacional. A mão de Sean estava na saia de Annie, o quadril dela, avermelhado por causa da mordiscada sexy que ele tinha acabado de dar.

E ali estava ele, encarando um dos irmãos superprotetores dela.

Capítulo 8

Aquilo não estava começando muito bem.

Annie não tinha nem mesmo ouvido a aproximação do irmão mais velho, Jed. Mas ela ouviu o grunhido de surpresa de Sean, tinha desviado sua atenção do puro prazer que experimentava. Sob o sol quente e o céu azul, com a mão de Sean em sua coxa e a boca dele em seu quadril, Annie tinha conseguido se esquecer momentaneamente de que estavam prestes a entrar de mãos dadas no covil dos leões.

Até uma das feras sair de lá e atacá-los de surpresa.

— Papai está na varanda — informou o irmão.

Annie olhou para a casa, mas não conseguiu vê-lo. Sean tinha estacionado o pequeno carro esportivo entre as duas caminhonetes monstruosas que os irmãos dirigiam, e o veículo ficou completamente escondido da vista da casa.

— Obrigada por vir nos buscar. — Annie fez um esforço para disfarçar o sarcasmo.

—Você estava demorando tanto que ele resolveu descer e verificar se precisava de ajuda com a bagagem.

Certo. Como se estivessem com um porta-malas cheio para uma visita de dois dias. Se Annie conhecia bem o pai, ele tinha contado os segundos no relógio, calculando quanto tempo levaria para ela e seu novo namorado chegarem à varanda sem que nenhuma gracinha acontecesse. Era exatamente o quanto ele aguardava por Annie depois de qualquer encontro quando ela era adolescente.

— Eu estava apresentando Rex a Se... —Annie se conteve, mas de repente achou impossível forçar o nome de alguém que detestava a alguém de quem estava começando a gostar imensamente. Assim, emendou rápido: — Ao meu amigo.

— Rex. É assim que você chama sua bunda agora?

Annie ergueu o dedo do meio, do mesmo modo como fizera muitas vezes quando garota, com os pais por perto, mas fora do alcance visual.

— Sei lá... Era assim que você estava chamando o de Becca quando flagrei os dois nus debaixo da árvore na última véspera de Natal?

Jed desviou-se do contra-ataque.

— Ela é minha noiva.

— Mas não era naquela época. — Sorrindo com pura crueldade, Annie acrescentou: — Não sei do que você a chamava, mas, pelo que eu soube, ela acha que você é algum tipo de divindade: "Ai, Deus, sim! Sim!"

Jed deu uma risada, deixando de lado a atitude ridícula de irmão mais velho superprotetor. Seu bom humor inato apareceu nos olhos.

— Mamãe nunca deveria ter deixado você assistir a *Barrados no baile* quando era criança.

— Ah, claro, isso explica tudo. Agora caia fora para podermos sair.

Jed afastou-se da porta do carro, abrindo-a e então oferecendo a mão à irmã. Tomando cuidado para não chutar Sean ou lhe dar uma joelhada na cabeça enquanto passava por ele, Annie saltou e abraçou o irmão.

— Sentiu saudade de mim?

— Dessa sua boca suja, não. — Jed apertou com força, e acrescentou: — Mas, sim, acho que sentimos um pouquinho de saudade do restante de você.

Então, com a postura típica do irmão valentão, ele a soltou e voltou toda a atenção para Sean. E endureceu o maxilar. Vendo o que ele estava vendo, Annie suspeitava que soubesse o motivo.

Sean não apenas era tão belo que deixava os outros homens desconfortáveis, mas sem dúvida parecia um tanto rebelde se comparado à maior parte dos homens dali. O cabelo longo estava solto e bagunçado, embaraçado na nuca. O brinco dourado brilhava sob a luz do sol. Os óculos escuros, que ele tinha colocado na cabeça quando chegaram, eram de uma grife pela qual nenhuma pessoa comum era capaz de pagar. E estava dirigindo o tipo de carro reservado a estrelas de cinema.

Em resumo, Sean era tudo do qual os irmãos ficariam desconfiados... e tudo o que Annie já sabia que adorava.

— Você deve ser Jed. — Sean esticou seu corpo esbelto quando saiu do carro e estendeu a mão. — Ela se esqueceu de me apresentar. Meu nome é Murphy, mas todos me chamam de Murph.

Boquiaberta, Annie olhou para ele e falou, sem emitir som, "Murph?", ganhando um dar de ombros em resposta.

Murph não combinava nada com ele. Mas Sean estava fazendo o possível para evitar qualquer confusão com seu nome falso no fim de semana. Ela poderia lhe dar um beijo por isso.

Bem, por muitos motivos.

Jed apertou a mão de Sean, e ambos fizeram aquela coisa de apertar bastante a mão para provar quem é mais macho. Tão estúpido, embora Annie suspeitasse que Jed fosse quem estivesse tentando provar alguma coisa. Sean não era do tipo que se importava com isso.

Cansada do jogo "vamos comparar nossa macheza", Annie colocou-se bem entre os dois, se abaixando para pegar a caixa de Wally no banco traseiro.

— Deixe-me fazer isto, querida.

— Ai, Deus, você trouxe a fera? — perguntou Jed, parecendo assustado. Sabe-se lá o motivo. Os sapatos dele, que Wally batizara com xixi, nem eram italianos, e Jed certamente já tinha pisado em coisas piores ali na fazenda. E daí que Wally tivesse feito xixi em suas botas uma vez? Ou duas...

— O que eu deveria fazer? Deixá-lo sozinho em casa para ficar triste e morrer de fome?

— Ele poderia ter se lançado sobre um ladrão que invadisse a casa, se tivesse fome — disse Jed, espiando o gato, com cautela.

Em vez de simplesmente agarrar a caixa de transporte, como Annie tinha a intenção de fazer, Sean na verdade abriu a grade, pegando Wally.

O gato deveria ter ficado arisco e agressivo depois de ter passado as últimas horas preso. Em outros tempos, ele até mesmo tinha chegado a morder Annie uma ou duas vezes depois de viagens longas.

Em vez disso, Wally aninhou-se no peito de Sean e enfiou a cabeça sob seu queixo, lambendo a pata delicadamente e encarando o irmão de Annie.

Jed ficou embasbacado.

E Annie reprimiu um sorriso. O mero fato de Sean ter conquistado Wally deveria servir como recado sobre seu novo "namorado" e sobre o quanto ele fazia parte da vida dela.

Mesmo que não fizesse. Não por muito tempo, pelo menos.

Não pense assim, lembrou ela quando uma punhalada de decepção lhe acertou a barriga. Teria pelo menos um dia e meio com

Sean. E precisava aproveitar ao máximo. Porque era tudo o que teria com ele.

Sean tinha deixado isso bem claro. Ela havia aceitado as condições. Fim da história.

Só até o domingo à noite.

Ah, como Annie queria que não precisassem passar a maior parte desse tempo restante ali...

— Venha, antes que ele envie reforços — disse Jed quando se virou para a casa.

O irmão dela estava tão atordoado com a amizade de Sean com Wally que se esqueceu de ser um idiota beligerante por ter visto Sean enfiando a mão sob a saia de Annie. Em vez disso, ele os guiou em silêncio pelo caminho que levava à varanda, onde os outros homens da família Davis estavam de pé, atentos.

— Minha nossa... — murmurou Annie. — Por que vocês não pegaram suas espingardas e começaram a cutucar os dentes com facas de caça?

Ao lado dela, Sean deu risada, mas Jed simplesmente continuou andando.

— Aqui estão — avisou. — Annie teve que parar para cumprimentar seus amigos de pelos e penas antes de saudar a própria família.

Hum. Nenhuma menção à boca de Sean em seus quadris. Aquilo não era muito surpreendente. Jed podia ser um irmão mandão, mas não era linguarudo.

Então, mais uma vez ele mantinha o bico fechado em benefício próprio. Conhecia Annie bem o suficiente para esperar um troco sério caso fizesse estardalhaço.

De jeito nenhum Jed iria querer que ela desse com a língua nos dentes sobre o encontro na véspera de Natal, que se deu bem no conjunto antigo de presépio da sua mãe. O Menino Jesus e todos os anjos e pastores deveriam ter dado uma boa olhada. Tal como

Annie, que tinha descido as escadas para espiar os presentes tarde da noite depois de todos terem supostamente ido para a cama. Em vez disso, ela conseguiu o tipo de flagrante que nenhuma mulher gostaria de dar na bunda do próprio irmão.

— Eis nossa garota! — O sr. Davis desceu da varanda, seguido pelos filhos, e todos a cercaram para distribuir abraços vigorosos e calorosos, feitos para lembrá-la de que Annie era a mulherzinha, e eles, homens grandes e fortes.

Ela foi passando por todo o grupo, para receber mais abraços de machões. Se um deles apertasse demais ou a carregasse até tirar seus pés do chão mais uma vez, Annie iria passar mal. Deus, ela estava feliz por Sean não ser como eles...

— Bem, vai nos apresentar? — perguntou o pai, o queixo empinado enquanto lançava um olhar a Sean de cima a baixo.

Sean tinha sido uma gracinha ao pedir a Jed para chamá-lo de Murph, mas de jeito nenhum Annie conseguiria ficar repetindo esse nome durante todo o fim de semana sem rir. Soava meio como Smurf. E ele definitivamente não era uma criatura azul fofinha.

No entanto, ela também não conseguia suportar chamá-lo pelo outro nome horroroso — Blake —, que trazia consigo tantos lembretes vívidos de humilhação, raiva e constrangimento. Assim, engolindo em seco e rezando para a mãe ter sofrido uma perda de memória severa desde sua última conversa sobre seu "novo namorado", Annie disse:

— Este é Sean Murphy.

Sean ergueu as sobrancelhas em surpresa, como se achando que ela tinha feito algo muito errado. Quando abriu a boca para corrigi-la — o que ele iria dizer? "Desculpe, ela esqueceu meu nome durante o trajeto até aqui"? —, Annie balançou a cabeça em advertência.

O pai dela foi cortês o suficiente para sorrir educadamente e estendeu a mão. Steve, o filho do meio brincalhão, a contornou e sussurrou:

— Ele tem um brinco na orelha direita?

Sabendo de imediato do que ele estava falando, Annie riu.

— Desculpe, irmãozão, você perdeu. Digamos apenas que não tenho a menor dúvida sobre as preferências sexuais dele.

— Você é tão engraçadinha... — Steve deu um tapinha em Annie, então cumprimentou Sean.

Randy fez o mesmo, e todos os homens da família tiveram um comentário a fazer sobre o gato gordo esparramado como um saco de batatas no ombro esquerdo de Sean.

— Por que todo mundo implica com meu Wally?

Jed olhou-a como se a resposta à pergunta de Annie fosse óbvia.

— Porque ele é mais cruel que o touro que fica no pasto sul.

Antes que Annie pudesse argumentar, a mãe saiu da casa, indo até a varanda, e desceu as escadas. Annie ficou plantada firme no chão, esperando por um exuberante abraço de urso; o qual ganhou, de fato.

Eles ficaram ali fora conversando por alguns minutos, durante os quais Annie recebeu um resumo dos últimos acontecimentos dentre todo o clã Davis.

Com avós, tias, tios e primos espalhados em três municípios, havia muitas notícias. Quem estava noivo. Quem estava grávida.

Quem havia decepcionado os pais sendo suspenso ao soltar um monte de galinhas na quadra de esportes da escola. Quem tinha dado um tiro no próprio pé durante uma caçada fora de época — merecidamente, não é mesmo?

O de sempre.

No meio disso tudo, Sean sustentou um sorriso, acariciou o gato, respondeu educadamente quando solicitado. E manteve sua presença sólida ao lado dela, lembrando a Annie que ela não estava sozinha. Estavam juntos naquilo. Para o melhor ou para o pior.

E que sensação maravilhosa...

— Ah, vejam só como já estou tagarelando — disse a mãe dela quando enfim a conversa deu uma esmorecida. — Vamos entrar e relaxar. A comida está quase pronta, vocês devem estar famintos depois da longa viagem.

Famintos, sim. Mas não de comida.

Quando Annie captou o olhar de Sean e viu o brilho ali, soube que ele tinha feito aquele negócio de ler mentes outra vez. Incapaz de evitar tocá-lo, ela pegou a mão dele, entrelaçando seus dedos, e o guiou escadaria acima.

Respondendo à nova ladainha de perguntas enquanto entravam em casa, Annie ofereceu um olhar a Sean, tanto pedindo desculpas... quanto se oferecendo para compensar por aquela ajuda.

Se eles sobrevivessem.

Sean gostou da família de Annie. De todos. Mas sobretudo da mãe dela.

Desconfiava que Annie fosse ficar daquele jeito dentro de trinta anos. Magra e cheia de energia, com cabelo curto mais para um louro-acinzentado, e algumas rugas de expressão ao lado dos belos olhos azuis.

Embora fosse falante e se preocupasse muito com sua única filha, a sra. Davis também era calma e direta sobre o jeito como governava a família. O marido e os filhos podiam até não perceber, mas a mulher se achava totalmente no comando. A sra. Davis incitava todos a fazerem exatamente o que ela queria com um simples erguer de sobrancelha ou um gesto com a mão, fato que Sean achou divertidíssimo, considerando o tamanho dos homens que ela comandava.

Uma vez ou duas, ela havia captado o olhar dele, notado seu divertimento e sorrido de forma travessa para Sean. Como se os dois já compartilhassem um segredo.

Durante as duas horas desde a chegada, a família de Annie teve tanto a contar para ela que Sean ficou um pouco de lado, além das cordialidades de sempre. E tinha apreciado muito o café da manhã, do tipo que ele não comia desde seus dias na Irlanda.

Sean apostava que Wally, que tinha se acomodado sob a cadeira de Annie, tinha gostado também. A julgar pela quantidade de vezes que Annie tinha lhe dado um pedacinho disso ou daquilo, ele deveria estar no paraíso dos gatos mimados.

Os irmãos mais velhos de Annie seguiram para as próprias casas depois de comer; sendo assim, a pressão aliviou. O irmão mais novo era como um filhote de cachorro cheio de energia. O pai de cabelo grisalho e peito forte tinha permanecido cordial, se não entusiasmado. Manteve um jornal diante do nariz desde o instante em que finalizou sua refeição, então também não havia pressão vindo dali. E a mãe de Annie tinha sido amigável desde o instante em que chegaram.

Então Sean poderia dizer que as coisas estavam indo muito bem. Na maior parte do tempo. Era uma família muito boa... mas não completamente acolhedora, ele tinha que admitir. Porque, em algum momento, todos disseram algo para deixar claro que Annie pertencia àquele lugar, com eles, e não a alguma cidade grande; com alguma outra pessoa.

Ele entendeu o recado. Era sua a plaquinha "Alguma outra pessoa" pendurada no pescoço.

Ainda assim, após dois dos irmãos terem ido embora, o pai se distrair e a mãe tagarelar sobre a festa que ocorreria à noite, Sean começava a baixar a guarda.

Obviamente, cedo demais.

— Bem, Sean, onde exatamente você e Annie se conheceram?

O olhar aguçado da sra. Davis dizia que estava pronta para entrar em ação. A ação de fritar o novo namorado.

Deu um branco na mente de Sean quando sua anfitriã se dirigiu a ele. Tentando desesperadamente se lembrar do que tinham combinado — site de relacionamentos, encontro às cegas? —, ele abriu a boca. Mas a resposta foi encurtada quando Annie se adiantou:

— Nós nos conhecemos em uma festa.

Sean assentiu.

— Isso. Uma festa. — Criativo como era, ele enfeitou um pouco: — Uma festa de Dia das Bruxas.

O sr. Davis espiou por sobre o jornal, a testa meio franzida.

— Pensei que Annie tivesse dito que vocês estavam namorando fazia uns dois meses apenas.

Que vacilo! Droga!

— Bem, namorando, sim, mas nos conhecemos há mais tempo. — A mentira saiu fácil dos lábios de Annie.

Em outra situação, Sean acharia desanimador ver alguém inventar mentiras com tanta facilidade. Em vez disso, porém, ele queria elogiá-la por ser tão astuta. O lampejo de humor nos olhos de Annie por causa do segredo que os dois compartilhavam foi inútil para divertir Sean.

Ela era boa nessa coisa de subterfúgio. Nenhuma das Bond girls teria conseguido ser mais criativa.

Sean sufocou um suspiro, pensando na coisa de James Bond.

Aquela piadinha tinha surgido quase tão cedo quanto a chegada dele. E de novo pelo menos uma vez por hora desde então.

Por que os americanos não conseguiam notar a diferença entre o sotaque inglês e o irlandês?

— Ser amiga da pessoa que você namora é uma ideia muito sábia — disse a sra. Davis, assentindo em aprovação. — Mais cedo ou mais tarde aquela empolgação cega acaba, e é bom estar com alguém de quem você realmente gosta quando isso acontece.

O jornal sacudiu ligeiramente, e a voz do sr. Davis emergiu de detrás do papel:

— Empolgação cega... Certo.

A julgar por seus suspiros longos e profundos sempre que o assunto das bodas vinha à tona, via-se que o sr. Davis não era tão romântico quanto a esposa. Ele parecia do tipo que mantinha a cabeça abaixada e a boca fechada, sem dúvida acostumado a fazer aquilo depois de 35 anos de casamento com uma mulher tão poderosa.

Agora o sr. Davis também parecia completamente distraído e alheio à conversa ao redor. Mas Sean não tinha a ilusão de que o pai de Annie prestasse atenção cuidadosa à filha e ao novo namorado dela.

— Sean foi tão agradável e encantador que nos demos bem desde o instante em que nos conhecemos — afirmou Annie, sustentando o olhar da mãe com inocência completa.

Ela não estava mentindo, de jeito algum. Eles tinham se dado bem de cara. Só que isso havia acontecido cinco dias atrás, e não oito meses.

Como tinha vivido em meio às próprias meias-verdades e conhecido os benefícios da discrição, Sean não pensou mal de Annie. Só porque havia gostado da família dela até então, isso não significava que não tivesse constatado exatamente as coisas sobre as quais tinha sido advertido, desde o instante em que seu irmão mais velho bateu em sua cabeça.

Eles eram bem unidos, superprotetores ao extremo e, embora bem-educados, houve mais de um cochicho sobre Sean ter "roubado" a garotinha deles. Como se ele tivesse algo a ver com a saída dela de casa... havia quanto tempo mesmo? Cinco anos?

Os comentários incessantes sobre amigos, família e vizinhos e a presunção não muito sutil de que Annie estaria de volta quando terminasse sua "aventurazinha" começaram a irritar Sean passadas duas horas. Ele simplesmente não conseguia imaginar como era para ela toda vez que falava com qualquer um deles.

Não, Sean não a culpava pelas mentirinhas do bem. Se sua presença ali fosse capaz de pelo menos alertá-los sobre a possibilidade de Annie não voltar para casa — não no próximo ano, não no seguinte nem no próximo século —, então ele estava muito feliz por fazê-lo.

— Como Annie estava vestida? — perguntou Randy, o irmão caçula, um típico desengonçado de vinte anos, todo braços, pernas e boca, com uma cabeleira loura desgrenhada. Fez uma expressão de desagrado ao sugerir: — Deixe-me adivinhar... Annie, a Pequena Órfã? Era assim que eu costumava chamá-la.

A sra. Davis estava passando pela mesa para reabastecer um prato de waffles e fez uma pausa no meio do caminho para dar um tapa na cabeça do filho com as costas da mão.

— E o que eu e seu pai seríamos se sua irmã fosse órfã? — Então ela fez o sinal da cruz e murmurou uma prece antes de voltar ao fogão.

Sean não fez esforço algum para disfarçar seu sorriso.

— Na verdade, ela estava linda, Randy — afirmou Sean, se perguntando se Annie reconhecia a malícia em seu tom. — Vestida de coelhinha.

Randy bufou.

— Certo, Annie, uma coelhinha da Playboy?

Vendo a mãe de Annie girar com espanto e o sr. Davis abaixar o jornal e franzir a testa, Sean balançou a cabeça rapidamente.

— Céus, não! Annie usava uma fantasia cor-de-rosa, grandona e peluda, com orelhas caídas e bigodes pintados. — Ele piscou para ela. — Tão adorável...

O olhar dela prometia vingança. As palavras confirmaram:

— Ah, sim, e Sean se fantasiou de Fred Flintstone. Parecia bem machão como homem das cavernas. Vocês não percebem a semelhança?

Homem das cavernas? Deus me livre! Mas era justo. Ele não podia esperar que ela o descrevesse como um Zorro sensual ou um pirata perverso depois de ele pintar uma imagem tão vívida de Annie pulando para lá e para cá como o coelhinho da Páscoa.

— Isso parece bem másculo. — A sra. Davis esboçou um sorriso quando retornou à mesa, carregando um bule de café fresco. — Tem certeza de que não vai querer um pouco, Sean?

— Sean bebe chá, mãe. — Boa memória.

— Mas Annie bebe café o suficiente por nós dois. — Ele riu e lhe lançou um olhar íntimo. — É preciso bastante para ela funcionar de manhã.

Annie arregalou os olhos. Ele recuou na hora.

— Se eu telefonar para ela antes de Annie ter bebido a segunda xícara do dia, é como se eu estivesse falando com uma sonâmbula.

— Boa — murmurou Annie quando a mãe se virou para pegar o açucareiro.

Quando a sra. Davis voltou, colocando uma colher cheia de açúcar em sua xícara, comentou, casualmente:

— Sabe, Annie, tem algo que ando querendo perguntar.

Seu tom desinteressado não enganava Sean nem um pouco. Ele se preparou para o que quer que estivesse vindo em sua direção, já percebendo que a sra. Davis era muito mais intuitiva que qualquer um dos membros masculinos da família. — Tenho certeza de que você tinha dito que o nome de seu namorado era outro quando o mencionou ao telefone.

Ao lado dele, Annie enrijeceu na cadeira. Sean esticou o braço e pôs a mão na perna nua dela, o toque íntimo escondido das vistas pela toalha de mesa. Essa era com ele.

— Temos apelidos bonitinhos um para o outro. — Sean balançou a cabeça. — Talvez seja disso que você se lembra.

A mãe dela não pareceu convencida.

— Qual é o de Annie? — quis saber Randy.

Annie abaixou a mão para cobrir a mão de Sean em sua perna, apertando-a. O olhar repentino dela prometia vingança extra.

Sean sentia que se dissesse à família que a chamava de Coelhinha ou Orelhinha — que, por mais enjoativos que soassem, faziam sentido, considerando as circunstâncias como eles supostamente se conheceram —, ele seria agredido com um prato de presunto congelado.

E se ele a chamasse de Rabinho de Algodão, seria o pai dela a agredi-lo.

— Eu a chamo *céadsearc* — murmurou ele. Querendo reassegurar a Annie que estava tudo bem, não resistiu e levou a mão dela à boca, beijando seus dedos. — Significa "doce amor", "querida".

O sr. Davis se escondeu detrás do jornal outra vez. O irmão de vinte anos riu com típico desdém juvenil reservado a qualquer coisa que tivesse o menor traço de pieguice.

Mas a mãe? Ela olhou para as mãos entrelaçadas, obviamente notando o olhar grato e caloroso de Annie, e o olhar carinhoso que Sean não conseguia conter.

— Que adorável...

E, ao ouvir o comentário da sra. Davis, Sean soube que tinha conquistado a pessoa mais importante da casa.

Ele abaixou a mão para o tampo da mesa, mantendo os dedos enredados nos de Annie.

— Ela é.

A sra. Davis sorriu, assentindo de leve. Em seguida, desviou o olhar. Antes, porém, Sean juraria ter visto umidade em seus olhos.

No entanto, tinha que estar enganado. As mães não queriam que suas filhas encontrassem um homem que realmente se importassem com elas? Talvez. Mas, nesse caso, com uma mãe que desejava que a filha desistisse de seus sonhos e voltasse para casa... talvez não.

— E então, feiosa, qual é o seu para ele?

Annie torceu o nariz para o irmão caçula.

— É Jaque.

— Jaque?!

— Sim. Já que você não tem nada a ver com isso, caia fora e vá fazer algumas flexões ou coisa assim, antes que sobrecarregue seu cérebro com toda essa conversa de adultos.

— Não posso. Tenho que me arrumar para o jogo.

Sean sentiu Annie ficar tensa, mesmo antes de dizer qualquer coisa. Ele ergueu suas defesas imediatamente.

— Não, Randy.

— Ah, sim, Annie, é sábado.

Ela se virou para encarar o irmão.

— Randy, temos ocupações suficientes com os preparativos da festa desta noite.

— Não é necessário, querida. — A sra. Davis serviu-se de mais um waffle, então colocou outro no prato do sr. Davis.

Ele nem mesmo largou o jornal, meramente pegou a calda sem prestar atenção, encharcou o waffle e cortou um pedaço usando a lateral do garfo.

— Está tudo pronto. Você e Sean podem aproveitar, tranquilos.

— Não poderemos aproveitar se os três patetas causarem uma concussão em Sean.

— Hum… — Sean arqueou uma sobrancelha. — Do que exatamente estamos falando aqui?

— Do jogo. — Randy esticou-se por sobre a mesa, pegou uma boa quantidade de bacon e se levantou. — Todo sábado, às três da tarde, depois da ordenha e das entregas, quem estiver por aqui se encontra no campinho lá atrás para jogar futebol americano. Fazemos isso todos os verões. — Enfiou comida na boca e falou assim mesmo: — É divertido.

— É violento — retrucou Annie. — Quantas viagens sabáticas esta família precisa fazer ao hospital para essa tradição idiota acabar?

O pai sussurrou:

— Não vou pagar mais contas do dentista, rapazinho. Se você perder mais algum dente, irá precisar de dentadura para mastigar sua comida bem antes dos noventa anos.

Deus do céu, perder um dente em um jogo doméstico amigável em uma tarde de sábado? Não era surpresa alguma que os irmãos mais velhos de Annie tivessem ido embora. Foram para casa vestir suas armaduras e colocar seus capacetes para bater na cabeça dele, em vez de usar apenas as costas das mãos.

— Todo mundo está esperando que você jogue — disse Randy, ignorando a irmã e o pai. — Você sabe jogar, certo? Quero dizer, eu sei que não se joga futebol americano na Inglaterra. Ei, lá o futebol é outra coisa, certo? O que é idiota; por que não chamam de outra coisa, já que já existe o nosso futebol?

Com a cabeça doendo um pouco por causa da lógica confusa do rapazinho, Sean começou pelo básico:

— Sou irlandês — explicou ele. De novo. — E só posso especular que faz sentido que um jogo que envolva seu pé e uma bola tenha o nome futebol, visto que o futebol nasceu na Inglaterra, e "pé" em inglês é "foot", e bola é "ball". Football. Futebol. Ao contrário desse futebol americano que vocês jogam, que envolve principalmente passar, lançar e carregar a bola com as mãos, e que tem todas essas almofadas de proteção e tempo limite constante.

Annie bufou, e Sean jurou ter ouvido uma risadinha vinda de trás do jornal.

Randy nem mesmo pareceu notar que sua lógica estava sendo questionada.

— Mas você sabe jogar? Ou só joga a versão inglesa para mariquinhas?

Sean não deveria ter permitido que um moleque de vinte anos conseguisse irritá-lo, mas seu espírito competitivo estava se fortalecendo.

— Você já ouviu falar em rúgbi?

Randy semicerrou os olhos.

— É aquele jogo no qual os caras fazem um círculo e se abraçam para decidir quem fica com a bola?

Sean vociferou uma risada, lembrando-se das muitas lesões, contusões e fraturas que tinha sofrido na época da faculdade.

— Sim, esse mesmo.

— Você não precisa fazer isso — murmurou Annie.

— Vai ser divertido — afirmou Sean. Vendo um brilho de preocupação no rosto dela, acrescentou logo: — Vou ficar bem.

A reação dela o surpreendeu completamente. Inclinando-se para mais perto, Annie sussurrou:

— Não é com você que estou preocupada. Você me disse que deixou muitos homens inconscientes no campo, lembra? Se causar uma concussão em um de meus irmãos, acabará dormindo no celeiro esta noite.

Nenhum dos dois tinha percebido que os demais haviam escutado.

Não até uma daquelas risadinhas secas emergir de trás do jornal.

E o sr. Davis, que parecia não ter muito apreço pela tradição das tardes de sábado, falou:

— Aposto vinte pratas no irlandês.

Capítulo 9

— Seus pais pareciam muito felizes esta noite.

Annie, encolhida um pouco de lado no banco do carona do carro alugado de Sean, observando o jeito como a brisa quente de verão levantava o cabelo dele, assentiu e sorriu:

— De fato. Acho que ficaram surpresos em ver a quantidade de pessoas que se importa com eles e que queriam participar deste grande dia.

Já passava das onze da noite, e os dois tinham acabado de sair do Hotel dos Alces, que ficava nos arredores de Green Hills, a cerca de dez quilômetros da fazenda. A festa, que tinha começado às seis da tarde, finalmente havia se reduzido apenas aos membros da família Davis, os próximos e os distantes.

Ao ver Annie bocejar, depois de um longo dia e da viagem à cidade, assim como Sean, depois de um longo dia, da viagem e do jogo de futebol americano carregado de testosterona, a sra. Davis havia insistido para que voltassem cedo para casa.

Uma boa ideia. Randy, que quase enlouqueceu ao ver o carro de Sean, implorou para ir com eles. E quando Annie disse que a Ferrari tinha apenas dois assentos, o irmão insistiu que a irmã não se importaria em pegar carona com outra pessoa da festa. Ela havia sentido que não ia ser muito diferente na viagem de volta.

E de jeito nenhum iria voltar com outra pessoa. Não após ter sido incapaz de desviar os olhos famintos do homem ao seu lado durante toda a noite.

Tal como quase todas as mulheres lá.

— Obrigada por não ter se aborrecido por minha prima Elizabeth tê-lo perturbado a noite inteira — disse Annie. — Aos 14 anos, ela ainda não aprendeu bem a arte de guardar seus sentimentos para si.

Sean olhou para ela de soslaio.

— Eu diria que isso é genético.

Ainda muito preguiçosamente confortável e feliz por apenas observá-lo, ela não se ofendeu. Porque era verdade. Annie não conseguia se conter, de jeito nenhum; ainda mais quando se tratava das coisas que ela desejava.

Agora, não tinha dúvidas sobre o que mais queria. Tudo o que precisava fazer era observar os traços fortes do rosto dele, a boca perfeitamente curvada, a força no maxilar, e o corpo dela lhe dizia, com uma insistência intensa e pulsante, o que queria. E quando Annie pousava o olhar sobre os ombros largos, quadris estreitos e as pernas longas, a umidade entre suas coxas dizia ainda mais.

— Eu que agradeço por você não ter ficado brava com o olho roxo do seu irmão, Annie.

Ela riu.

— Eu teria ficado mais brava se Jed tivesse machucado você durante aquele jogo estúpido. E ouvir papai rir, ver o olhar dele quando você varreu o campo com todos eles, foi quase o suficiente para fazer esta viagem inteira valer a pena. Até mesmo os cinco mil que paguei no leilão.

Nossa! Os cinco mil dólares já estavam mais do que compensados.

Na noite anterior... na piscina de bolinhas. E na mesa de Annie.

— Bem, espero que possamos encontrar uma ou duas coisas mais agradáveis para fazer antes de esta viagem valer a pena. — Sean esboçou um sorrisinho naqueles lábios fartos e dignos de serem beijados.

Ah, Annie não tinha dúvida de que achariam algo se tivessem oportunidade. Mas não poderiam explorar tais opções na casa, que estaria explodindo com outros Davis dentro de muito pouco tempo.

Chegando em casa primeiro, eles teriam um pouco de privacidade, mas não o suficiente para arriscar fazer o tipo de coisa que Annie queria. E ainda que ela suspeitasse de que a mãe os tivesse mandado embora cedo justamente porque sabia que os dois estavam com dificuldade para manter as mãos longe um do outro em público, sabia que a matriarca não iria lhes dar muito tempo.

Então vá para outro lugar.

A ideia tinha seu mérito. Eles poderiam fazer um desvio para ter um tempo a sós. Estavam a uma boa meia hora à frente de todo mundo, e ninguém iria procurá-los de imediato.

Meia hora não estava nem perto de ser suficiente. No entanto, se era tudo o que ela conseguiria naquela noite, então assim seria.

— Vire à direita — disse Annie, lembrando-se de repente de alguns locais que ela e suas amigas de escola tinham descoberto pelas estradas adjacentes.

— Tem certeza? Acho que estamos entrando na estrada cedo demais.

Não era cedo. Nem perto. Nas últimas cinco horas, tudo o que Annie tinha desejado foi afastar todos os primos e amigos de seu homem e se enroscar nele como se fosse um polvo. E em seguida levá-lo a algum lugar privado onde pudesse pular em cima dele e se deliciar de todas as maneiras.

— Tenho certeza — sussurrou ela.

Sean deu uma olhadinha, percebendo o tom de intimidade.

Ele sorriu, então voltou a atenção para a estrada. Seguiu as instruções de Annie e, conforme ela esperava, em alguns minutos se viram deixando o asfalto rumo a uma pista de cascalho e terra. Uma que, se ela se lembrava bem, dava em lugar nenhum.

— Ei, navegadora, está prestando atenção?

Esticando a mão, ela passou os dedos pelo cabelo de Sean, enrolando algumas mechinhas.

— Continue.

Sean assentiu, lambendo os lábios, a expressão compreensiva facilmente visível no reflexo das luzes do painel. O jeito como ele se remexeu no banco, esticando as pernas, puxando a calça, informou a Annie que a mente de Sean seguiu na mesma direção que a dela. Os dois iam rumo a prazeres carnais, e ambos sabiam disso.

Logo depois de deixar a estrada principal e os poucos postes de luz para trás, eles chegaram a uma estradinha com vento e cercada por árvores. A escuridão os envolveu quase por completo. Estavam a sós, a alguns quilômetros de qualquer construção, cercados por campos e pastos. Apenas fazendeiros locais usavam aquela estrada durante o dia, e ninguém tinha motivo algum para utilizá-la à noite.

Era bom o suficiente. Separados do restante do mundo pela distância, por árvores, campos e escuridão, enfim podiam se render ao desejo pulsante que dançava entre eles. Tinha estado abafado, adormecido desde o último beijo profundo e molhado para marcar o orgasmo mútuo da noite anterior, no escritório dela. Agora teriam a oportunidade de permitir que o desejo viesse à tona, e brincariam à luz da lua.

— Quero aquele luar. — Annie olhou para a copa das árvores acima do teto aberto do conversível, vendo apenas lampejos de luz dourada aqui e ali, onde a folhagem espessa deixava fendas ocasionais.

Escuro demais. Annie sabia que não ficaria satisfeita com toques frenéticos e desvairados. Ela queria enxergar Sean. Ter a experiência completa. Aquela estrada não serviria.

— Tem uma estradinha de terra lá em cima. Vire à direita.

Ele não voltou a questioná-la. Inclinou-se sobre o volante, como se ansiando silenciosamente que o carro chegasse ao destino mais depressa na estrada vazia e sem placas de identificação.

— Essa sua regra do terceiro encontro... — Sean pegou a curva certa, indo para uma estrada ainda mais acidentada e estreita do que a anterior. — É tipo um, dois, três então pronto? Ou você vai no três?

Incapaz de acreditar que Sean pudesse fazê-la rir quando ela estava uma pilha de nervos sexuais, Annie respondeu:

— Caso você tenha esquecido, nós meio que jogamos a regra do terceiro encontro pela janela ontem.

— Ah, eu não esqueci, querida... — Ele agarrou a mão dela, ainda enredada no seu cabelo, e levou os dedos de Annie à boca. Mordiscando a pontinha de um, murmurou: — Mas, honestamente, eu considerei a noite de ontem mais um aperitivo. — Balançou a cabeça. — Não, nem mesmo isso... só um antepasto. Se este for o fim oficial da espera, vamos ter um banquete de nove pratos.

Ela estremeceu, compreendendo. Sean estava certo. Havia tanta coisa que não tinham feito na noite anterior. E Annie estava completamente ansiosa para fazê-las com Sean.

Em meia hora?

Droga. Talvez a família fosse demorar mais. Quando eles saíram da festa, a tia-avó Trudy se preparava para contar histórias sobre seus dias de juventude. Aquilo poderia levar séculos.

Além disso, eram as bodas dos pais dela. Certamente eles não iriam esperá-la, como faziam quando Annie era adolescente. E, no fundo de seu coração, ela esperava que eles tivessem o tipo de casamento que exigiria uma escapadinha para uma comemoração particular. Mesmo que Annie não quisesse de jeito nenhum pensar nos detalhes.

— Aqui! — Annie constatou que eles haviam chegado ao ponto perfeito.

A estrada de terra fazia uma curva em meio à floresta, dando para o topo de uma colina. Eles irromperam de debaixo das árvores como um trem saindo de um túnel escuro.

Embora totalmente deserta e livre de lavouras, a área havia sido limpa fazia muito tempo. Não existia nada entre a luz da lua e o corpo deles. Nenhuma sombra para interferir na apreciação visual um do outro. Nada a não ser a brisa noturna agitando de leve a grama seca ao redor. E os dois, Annie e Sean, sentados sob um guarda-chuva glorioso formado pelo céu da meia-noite pontilhado por um milhão de estrelas reluzentes.

— Belo lugar. — Sean olhava para a vista à frente do carro, e então para o firmamento espalhado sobre a paleta de um artista, logo acima.

Annie poderia ter concordado, poderia ter falado sobre a paisagem. Mas aqueles trinta minutos a pressionavam, e o desejo que tinha suprimido nas últimas 24 horas emergia lá do fundo, pronto para consumi-la. Ela não havia levado aquele homem para lá, naquela que poderia ser a última noite deles juntos, para ficar admirando a paisagem.

Sean tocou-a.

— Annie...

Ela não hesitou, deslizando uma perna para o colo dele para montá-lo no banco do motorista. Entrelaçando os dedos no cabelo sedoso, Annie cobriu a boca de Sean com a sua, a língua investindo, selvagem, exigindo a atenção dele.

Sean deu-lhe total atenção, provando-a tão profunda e intensamente quanto ela. Com as mãos nos quadris arredondados, Sean puxou-a tão firme contra sua ereção rija que Annie não conseguiu nem mesmo se mexer.

Bem, nem tanto. Ela se mexeu um pouquinho... para cima e para baixo, esfregando-se nele, necessitando da sensação ali... e, oh, Deus, ali.

— Esta noite, não. — Sean segurou-a quietinha, impedindo-a de continuar a cavalgar. — Eu disse banquete de nove pratos, querida, não drive-thru de lanchonete fast-food.

— Mas temos apenas...

— Dane-se o tempo, Annie... — Ele enterrou o rosto no pescoço dela, roçando os dentes ao longo da clavícula. — Quero possuir você. Possuí-la toda. E se aparecermos na casa de seus pais dentro de três horas com seu cabelo bagunçado, marcas vermelhas no seu pescoço, a marca dos meus dedos nas suas coxas e seu batom na minha calça, eu sinceramente não vou dar a mínima.

Marcas vermelhas... Marcas de dedos... e, ah, batom. Que rosário delicioso de imagens se formou na mente dela! Annie queria todas aquelas opções. Pelo máximo de vezes que pudesse tê-las no menor tempo possível.

Tempo curto. Esta noite. O dia seguinte. E só.

Annie afastou aquele pensamento doloroso. Não queria nem mesmo pensar que um período que ela havia passado a considerar como o mais incrível da sua vida pudesse acabar tão rápido quanto começou. Ou que ela teria desperdiçado os primeiros dias com regras bobas de terceiro encontro.

Quase desesperada para ter o que pudesse conseguir, Annie beijou-o outra vez, provando-o em investidas lentas. Sem nem sequer interromper a conexão, sentiu Sean segurar a tranca e abri-la. Annie logo se aproveitou, deslizando a perna direita, que estava com cãibra, e colocando-a para fora.

Ela havia presumido que Sean estivesse tentando deixá-la mais confortável. Não esperava que ele fosse segurar sua cintura e sair do carro, a mão sob os quadris dela, as pernas de Annie ao redor da cintura dele.

— Sean?

— Ligeira mudança de posição — murmurou ele.

Sem explicar, Sean deu meia-volta, colocando Annie de volta no veículo. Mas, em vez de deitá-la no banco do qual ele acabara de se levantar, ele a colocou mais alto, na parte interna do capô, com as pernas nuas penduradas para dentro do carro, apoiadas no encosto dos dois bancos. Então ele as entreabriu.

— Hum. Muito melhor.

— Gosto do seu jeito de pensar.

Os olhos dele brilharam.

— Você vai adorar isto. — Sean ajoelhou-se nos bancos diante dela, o rosto na mesma altura do ventre de Annie.

Ela olhou para ele, correndo as pontas dos dedos pelos reflexos do luar no cabelo de Sean, observando quando ele começou a desabotoar-lhe a blusa, de baixo para cima.

Depois de todos os botões abertos, ele beijou um ponto da pele que havia desnudado. Começando pela barriga. Indo até a região do diafragma. Para as curvas sob os seios.

— Sean... — Annie gemeu, desejando que ele se apressasse, desejando a boca, as mãos e aquela ereção incrível que tinha experimentado dentro de seu corpo na noite anterior.

Se Sean permanecesse nos bancos, Annie poderia tê-lo bem ali onde mais o queria. Ela poderia provar, lamber e sugar até ele ficar mais louco do que seria possível.

Annie não era a rainha do sexo oral mas se o desejo fosse o suficiente, ela sabia que poderia dar prazer àquele homem até ele se ver incapaz de se lembrar do próprio nome.

Sean não teria pressa, no entanto. Não dessa vez.

— Você é tão linda, Annie... Nunca mais conseguirei sentir o cheiro de pêssego sem pensar em você. — Ele removeu a blusa dos ombros dela, deixando que caísse na tampa do porta-malas. — Sem pensar nisto.

Sean desabotoou o fecho frontal do sutiã entre uma investida lenta da língua no decote e outra. E quando a peça caiu, deslizou a língua, aquela língua incrível, até o mamilo rijo. Mas, antes de prová-la, de lhe dar o beijo íntimo do qual ela necessitava, ele roçou o rosto áspero nele.

Annie estremeceu e juntou as pernas em reflexo, se perguntando como um toque sutil em uma pequena parte de seu corpo era capaz de irradiar para todo o restante.

Os quadris de Sean estavam entre as pernas dela, então Annie não conseguiu apertá-las demais, apenas o suficiente para segurá-lo e mantê-lo ali.

Sean lambeu a ponta dolorida de um seio, a língua lisa proporcionando uma carícia suave e aveludada. O gesto deixou um rastro de umidade, o qual foi atingido pela brisa noturna, fazendo Annie tremer.

— Por favor, Sean...

— Shhh, deixe que eu faça. Apenas deixe.

Ela deixou.

Sabendo muito bem quando investir e quando se afastar, Sean sentiu profundamente os seios dela. Acariciou, afagou, encheu as mãos com eles. Sugando um mamilo, esfregando o outro entre as pontas dos dedos, logo conseguiu fazer Annie estremecer e pressionar o corpo contra a pélvis dele.

Annie estava tão úmida e excitada que mal podia suportar a pressão do carro duro contra suas partes mais íntimas.

Passou-se longo tempo antes de Sean recuar o suficiente para deixá-la tirar a blusa. Assim que ele se afastou, Annie se ocupou acariciando as longas linhas de músculo denso nos ombros dele e a parte superior das costas. O corpo de Sean estava escorregadio com uma leve camada de suor, causada, Annie desconfiava, pela contenção incrível, pelo esforço que ele tinha feito para manter o controle completo sobre o que acontecia.

— Gosto da sua saia — sussurrou ele, ao descer outra vez. — Passei a noite inteira imaginando o que você estaria usando por baixo dela.

Sean encontrava-se prestes a descobrir, e mal podia esperar. Mas, em vez de despi-la completamente e explorá-la desse jeito, Sean a tocou através do tecido. Trilhou de leve o contorno do osso do quadril, e a boca logo seguiu o caminho de seus dedos.

Annie não conseguiu evitar mover o corpo para cima, pelo menos um pouco, convidando-o a ir além. Não que Sean precisasse de algum tipo de convite, ela desconfiava. Ele iria ter o que desejava naquela noite; já havia deixado bem claro.

A certeza de que Sean queria usar a boca para dar prazer a ela, para enlouquecê-la com aqueles lábios e aquela língua, a deixava prestes a cair do carro por causa dos calafrios de prazer.

Ele riu baixinho diante dos esforços desesperados de Annie para exigir mais, contudo não cedeu. Ainda indo com uma calma doce, Sean se movimentava mais devagar. Provando, degustando, aumentou a tensão simplesmente roçando o rosto nas roupas dela, mas lhe negando o contato da boca na pele.

Sean sabia que a estava enlouquecendo, e Annie honestamente não tinha certeza de querer agradecer ou bater na cabeça dele por isso.

Por fim, as pontas dos dedos dele desceram mais, pressionando o tecido macio de encontro aos lábios intumescidos. A boca de Sean os seguiu, e ele a beijou com delicadeza e suavidade, como se estivesse beijando a boca.

Annie se contorceu, chocada com o quão bom era. Ela jamais havia experimentado nada parecido. Qualquer experiência anterior com sexo oral sempre tinha sido mais uma reciprocidade superficial ou um trechinho rápido e garantido das preliminares concebido apenas para levar a algo mais. Uma língua golpeando o clitóris para que seu amante pudesse riscar aquilo da lista e seguir em frente.

Aquilo não estava levando a nada mais. Nada senão a um prazer profundamente enraizado.

Annie jogou a cabeça para trás, olhou para as estrelas e permitiu que ele lhe desse prazer. Sean era tão lento, cada respiração exalada, uma carícia proposital fluindo para seu ponto mais sensível. E cada inalação, uma valorização audível do perfume almiscarado do corpo dela.

— Seu gosto é tão bom, Annie.

Sean envolveu-lhe a cintura, puxando-a para a frente só um pouquinho, inclinando-a para mergulhar mais profundamente nos segredos dela. Com um gemido de apreço, ele esticou a língua e lambeu bem no meio das camadas de roupas finas. Annie arfou quando um desejo líquido e quente escorreu por sua fenda.

Finalmente, quando ela pensou que ficaria louca com os toques deliciosos, Sean puxou a saia para cima. Ele revelou as coxas um centímetro por vez, beijando-lhe as pernas. Não parou quando chegou à calcinha. Em vez disso, apenas tirou-a do caminho com as pontas dos dedos e, sem aviso, mergulhou fundo a língua dentro dela.

Annie gritou, arqueando-se para ele, chocada pela intimidade daquilo. Pelo erotismo.

Ele deslizava a língua para dentro e para fora, fazendo amor com ela, algo que nenhum homem nunca havia feito. Quando Annie estava pronta e pingando, Sean subiu um pouquinho para estimular o clitóris, provando delicadamente, contornando-o, em vez de atacá-lo. E ela chegou ao ápice em um redemoinho quente de prazer quase de imediato.

Annie mal notou quando Sean tirou sua roupa e a jogou no banco. Mas ela definitivamente notou quando ele tirou a própria. Porque, na penumbra, o corpo dele era divino, grande e poderoso, quase pagão sob a lua cheia de verão.

A masculinidade de Sean se projetou, orgulhoso, diante de si, e Annie sentiu-se quente e derretida por dentro, desejando ser preenchida por ele. Mas também queria prová-lo, oferecer-lhe um pouco da loucura que Sean lhe dera. Assim, sem pedir, ela se abaixou e lambeu a ponta, captando a umidade na língua.

Ele sibilou.

— É justo — murmurou Annie — que seja a minha vez.

Sean não disse uma palavra, observando-a de cima enquanto ela o provava de novo, lambendo, esfregando de leve. Até que ela finalmente abriu a boca e envolveu o máximo dele que conseguiu.

As mãos de Sean se enredaram no cabelo dela, o corpo reagindo com uma investida lenta que pareceu completamente fora de seu controle.

Annie aceitou o impulso, engoliu-o mais fundo, e banhou-o com a língua. Com as mãos nos quadris estreitos, Annie cravou os dedos nas nádegas durinhas, ajudando-o a estabelecer um ritmo que ela pudesse suportar. Então ela o estimulou com carícias e gemidos a fazer o que ele queria, para obter tudo de que necessitava.

Sean não aguentou muito tempo, só um minuto ou dois. Então, com um gemido baixinho, ele a empurrou, puxando-a até ficarem cara a cara. Annie nem mesmo teve a oportunidade de recuperar o fôlego antes de ele cobrir sua boca e beijá-la.

Ele tinha guardado um preservativo no bolso antes de saírem de casa. Ou então simplesmente tinha viajado com ele. Annie não sabia, não se importava, estava simplesmente grata por ele ter um.

Observando-o rasgar a embalagem, Annie estendeu a mão para pegar o membro ereto, desejando sentir a pele sedosa antes de Sean envolvê-la com o látex.

— Annie... — advertiu Sean quando ela colocou a mão ao redor dele, apertando, acariciando para cima e para baixo.

— Vou gozar se você continuar fazendo isto.

Ah, até parece. Pelo que ela tinha visto na noite anterior, ele ia aguentar muito tempo.

Annie mal podia esperar.

Quando Sean já estava com o preservativo, Annie abriu as pernas ainda mais, puxando-o para si, umedecendo-o com seus fluidos corporais.

— Possua-me, Sean.

— Estamos chegando lá — murmurou ele, sem obedecer.

Em vez disso, Sean empurrou-a um pouco e começou a beijar e a sugar seus seios novamente. E assim foi até ela ficar ofegante e arquejante contra a boca dele, exigindo que Sean fosse mais forte, mais fundo, mais intenso, até ele, enfim, relaxar junto ao corpo dela com uma investida lenta, firme.

— Sim!

Annie deslizou para encontrá-lo, pressionando a pélvis com força contra a dele, recebendo-o por completo. Ela, então, ficou bem quieta, saboreando a penetração, não querendo ceder por medo de que acabasse rápido demais.

Ele deveria ter imaginado. Porque, ainda no total controle, Sean começou a se movimentar. Sussurrava palavras doces aos ouvidos de Annie e beijava seu cabelo enquanto a preenchia devagar, e então recuava. Quando a tensão aumentou, ele entrelaçou os dedos naquele cabelo claro e murmurou seu desejo com uma exigência faminta, rouca, mergulhando mais depressa e com mais força.

Annie não conseguiria decidir qual parte tinha sido a melhor.

Ela havia gostado de tudo. Desejado tudo. E recebido tudo.

Até que, depois do que pareceu uma eternidade, ambos verbalizaram seus ápices às estrelas e desabaram no assento do carro.

Eles não conseguiram se despedir e pegar a estrada antes do meio-dia de domingo. Não havia nada que Sean teria gostado mais do que ter saído ao amanhecer e chegar a Chicago por volta das oito da manhã. Então ir direto para seu hotel e fazer amor com Annie por umas boas 24 horas.

Depois disso, bem... honestamente, ele não sabia. Deveria ir embora no dia seguinte, embarcar em um avião e voar para Hong Kong. Tinha uma reunião na quarta-feira, as pessoas contavam com ele.

Mas deixá-la... Deus, por que aquela ideia em si doía tanto? Relações pessoais nunca o machucavam, tirando a estranha pontada de tristeza pela saudade da irmã. Mas a dor aguda dentro dele diante da ideia de sair da vida de Annie tão rápido quanto tinha entrado era o suficiente para dobrá-lo.

— Obrigado mais uma vez por sua hospitalidade — disse Sean ao sr. Davis depois de colocar a bolsa de Annie no carro. — Foi um prazer conhecer todos vocês. — Sorriu para os três irmãos de Annie. — Da próxima vez, vou ensiná-los a jogar rúgbi.

Jed, que ainda ostentava um olho roxo do jogo supostamente amigável e de baixo contato da véspera, assentiu.

— Sim, definitivamente temos a obrigação de fazer uma nova rodada. — O olhar dele podia ter sido ameaçador, mas seu tom de voz mostrava certo respeito.

A família inteira foi levá-los até o carro, Rex e Radar seguindo a procissão como um par de guardas reais. Sean supunha ser sua culpa o fato de a manhã ter se arrastado por tanto tempo: ele e Annie não conseguiram voltar para casa antes das duas horas da manhã, e acabaram dormindo demais. Assim, toda a família conseguiu chegar a tempo para a grande cena de despedida.

— Dirija com cuidado — aconselhou o sr. Davis enquanto Sean ajudava Annie a entrar no veículo. — Use o...

— Estou colocando, papai. — Annie já afivelava o cinto.

O olhar do patriarca dizia que ele não iria pedir desculpas por tentar mantê-la segura. Sean reconheceu isso, depois de ter visto a mesma expressão no rosto do próprio pai. E não apenas para com

Moira. Seu velho havia se mostrado muito preocupado com a segurança de Sean diversas vezes.

Sean jamais havia questionado o amor de seu pai por ele. Assim como o fato de que a família de Annie a adorava.

O modo como demonstravam esse amor, no entanto, era bem diferente. Porque, apesar dos cochichos, não houve ceninhas, apelos, ameaças ou exigências. Eles não gostavam da vida que ela tinha escolhido, mas não iam tentar obrigá-la a mudar.

O pai de Sean poderia aprender alguma coisa com aquelas pessoas.

— Dê uma ligadinha e avise se chegou bem em casa, certo? — pediu a sra. Davis quando se inclinou para beijar a filha na bochecha. Em seguida, acariciou o cabelo de Annie, e sussurrou algo ao seu ouvido, que ela evidentemente não queria compartilhar com os homens da família.

De seu assento ao lado dela, Sean sentiu o modo como Annie enrijeceu de repente. O que quer que sua mãe tivesse dito, tinha sido inesperado.

Curioso, ele ligou o motor, retribuiu os gritos vigorosos de adeus e em seguida desceu pela longa pista para a estrada principal. No banco de trás, Wally se deitou imediatamente para dormir.

Annie, por sua vez, permaneceu em silêncio, perdida em seus pensamentos durante os primeiros dez minutos do trajeto. Sean deixou-a quieta. Se ela quisesse contar a ele o que sua mãe tinha sussurrado, ela lhe diria.

Pelo visto, ela queria. Porque, quando chegaram à estrada, Annie disse:

— Ela sabia.

— O quê?

— Minha mãe. Ela sabia que você não era o homem sobre quem contei. — Annie balançou a cabeça e esfregou os cantos dos olhos sob os óculos escuros. — Mamãe sabia que você não era Blake.

Sean começou a rir. A sra. Davis era mesmo astuta. Mas algo na maneira como Annie tinha pronunciado o nome de Blake o fez parar. Olhando para ela, vendo o tremor de seus lábios, e percebendo que Annie estava muito angustiada, de repente ele compreendeu, como se uma lâmpada houvesse se acendido sobre sua cabeça.

— Meu Deus, realmente existiu um Blake.

No início, Annie não respondeu. Em vez disso, cansada, tirou os óculos escuros, colocando-os no topo da cabeça, como se querendo que Sean visse seus olhos e lesse a verdade neles.

Se ele já não tivesse saído da estrada adjacente e entrado em uma rodovia movimentada, teria encostado para fazer exatamente isso. Mas, como saíra, continuou olhando para a frente, esperando Annie encontrar as palavras pelas quais procurava para lhe contar.

— Sim — admitiu ela, finalmente —, Blake existiu.

Cerrando a mandíbula, Sean se esforçava para permanecer distante, impessoal. Afinal, Annie o tinha contratado para o fim de semana.

Sendo assim, ele não deveria esperar que ela fosse honesta sobre o que estava mesmo acontecendo. Ou que ele ficasse magoado naquele momento, quando descobriu que ela não tinha sido honesta.

— Entendo. Ele foi seu último amante? — Deus, Sean odiou usar aquela palavra para se referir a outro homem que já tivesse tocado Annie.

— Não. Não meu amante.

Só quando soltou o fôlego em um assobio lento foi que Sean percebeu que o estava retendo, aguardando Annie responder.

— Nós namoramos, mas não chegou a ir tão longe assim.

O tom pesado da voz dela informava que tinha ido longe o suficiente.

Longe o suficiente para ferir, machucar. Longe o suficiente para deixar uma cicatriz.

Obrigando-se a deixar os próprios sentimentos de fora, Sean pegou a mão de Annie e entrelaçou os dedos nos dela.

— O que houve?

— Ele era casado.

Surpreso, Sean não conseguiu evitar ranger os dentes. Annie não parecia desse tipo. Ela era tão honesta, tão sincera e doce.

Não que fosse julgá-la, dada a própria história. Jesus Cristo, muitas das mulheres com quem tinha estado eram esposas entediadas de maridos que pagavam a Sean para lhes fazer companhia.

Ainda assim, a ideia de Annie ser parte de algo assim doía. Profundamente.

— Entendo.

Ela soltou a mão de Sean, como se estivesse sentindo-o se afastar, mesmo que apenas mentalmente.

— Não, você não entende. Eu não sabia que ele era casado. — Annie começou a lhe revelar a história toda, falando rápido, e a cada palavra dela a raiva de Sean aumentava. Assim que Annie terminou, as mãos dele estavam cerradas com tanta força em torno do volante que chegava a machucar.

— Quer dizer que ele usou o filhinho para cair nas suas graças, para comovê-la com a história do pobre pai abandonado. Em seguida, tentou mentir para levá-la para a cama?

— Foi bem isso.

Desgraçado! Sean gostaria de apertar as mãos em torno do pescoço do sujeito, em vez de estar agarrando aquele volante acolchoado e impessoal. O tal Blake merecia ser estrangulado por alguém que soubesse como executar o serviço.

— Desculpe, Sean, se eu não contei a verdade. É que é muito humilhante... Estou envergonhada e constrangida.

— E apavorada diante da perspectiva de seus pais descobrirem — disse ele, sabendo de imediato que era verdade.

— Ah, você não faz ideia!

Após ter acabado de passar um fim de semana com os Davis, ele fazia uma boa ideia, sim.

— O que exatamente sua mãe disse?

Annie fungou, então riu, como se não soubesse se deveria rir ou chorar com o alívio de ter tirado toda aquela história sórdida de seu peito.

— Que não conseguia pensar em um único "apelido" que soasse como Blake.

Pois é, aquela não tinha sido a melhor saída.

— E que, ao mesmo tempo em que não gostou da farsa...

— Sim?

Pigarreando, Annie admitiu:

— A julgar pela maneira como você e eu olhávamos um para o outro, mamãe constatou que havia sentimentos verdadeiros entre nós, e ela achava que poderíamos ser muito felizes juntos.

Sentimentos verdadeiros. Muito felizes. Juntos. Ele e Annie. Como em "felizes como um casal", um casal genuíno. Casamento, família, um lar. Todas as coisas que Sean nunca tinha imaginado para si, e das quais fugia desde que havia completado 21 anos.

E tudo aquilo era o que — ele sabia — Annie realmente desejava, mas nas condições estabelecidas por ela, depois de conhecer o mundo.

Annie não falou mais nada. Em vez disso, recolocou os óculos escuros no rosto e inclinou a cabeça para trás para deixar o sol bater em seu rosto, como se quisesse tirar um cochilo.

Na verdade, ela estava dando espaço a Sean, não queria obrigá-lo a ter que conversar. Não que fosse saber o que dizer. Então ele simplesmente continuou a dirigir.

A cada quilômetro passado sob as rodas do carro, Sean sentia a pressão sutil de sua vida verdadeira. Quanto mais se aproximavam de Chicago, mais a vida o arrastava de volta, lembrando-lhe das escolhas que fizera.

Escolhas que lhe pareceram certas àquela época. Mas que agora, com as palavras sussurradas de Annie sobre uma relação fantasiosa que ele nunca tinha sonhado ser possível se repetindo ao seu ouvido, deixavam Sean com muita vergonha.

Capítulo 10

Annie não sabia muito bem o que esperar quando chegaram à cidade. Sean poderia levá-la de volta ao seu hotel, como havia prometido fazer. Poderia estar planejando fazer amor com ela de todas as maneiras já tentadas pelos seres humanos até a manhã seguinte, quando o sol aparecesse.

Ou, a julgar pelo quase silêncio, quebrado apenas por uma conversinha boba compartilhada durante o trajeto de duas horas, ele poderia estar pronto para deixá-la em casa. Alguns homens poderiam jogar seu gato e sua mala na calçada, e dirigir como loucos para o aeroporto.

Annie deveria ter ficado de boca fechada, e jamais contado a ele exatamente o que a mãe tinha dito. Honestamente, porém, as palavras intuitivas atordoaram Annie tanto que ela sentiu necessidade de compartilhá-las. Mesmo que só para ver se dizê-las em voz alta as tornaria menos chocantes aos seus ouvidos.

A mãe tinha visto amor nos olhos deles? No dela e no de Sean? Isso ao menos era possível? Após uma semana, tal coisa realmente poderia acontecer?

Na opinião da mãe de Annie, é claro que poderia. Ela e o marido eram um caso bem conhecido de amor à primeira vista. Mas essas coisas não aconteciam atualmente, não é? Muito menos para mulheres como Annie.

E, acima de tudo, não com homens como Sean.

Chegando à cidade, ela quase prendeu a respiração ao ver o caminho que ele tomou. Quando Sean virou em direção ao próprio hotel, em vez de seguir para Lincoln Park, de algum modo Annie se controlou para não se ajoelhar e beijar os pés dele. Ou para não tagarelar seus agradecimentos por Sean não tê-la privado daquelas últimas horas que tinham juntos.

Ela queria aquelas horas. Queria desesperadamente, agora que a denúncia da mãe tinha enchido seu cérebro de possibilidades.

Não que ela acreditasse que Sean a amava. Mas a ideia de que ela, Annie, tinha realmente se apaixonado por ele de repente não parecia tão ridícula. Na verdade, ela desconfiava que podia ser verdade. E, sabendo disso, queria o máximo de tempo possível com Sean.

— Mal posso esperar para explicar as marquinhas do emu no capô do carro — murmurou Sean, sorrindo pela primeira vez naquelas duas horas. Ele tinha acabado de entrar na garagem subterrânea do hotel.

A garagem... Onde Annie havia deixado sua minivan.

Droga, talvez ele a tivesse levado de volta até ali porque tivesse que fazê-lo. Ela precisava pegar seu carro, não é?

Estacionando, Sean virou-se para trás e pegou a caixinha de transporte de Wally. Annie tinha certeza de que ele iria se despedir e acenar para ela do elevador. Eles não podiam perambular pelo saguão do hotel cinco estrelas transportando um gato gordo e malvado em um transporte.

Mas pelo visto era isso mesmo o que Sean pretendia fazer. Sem nem mesmo perguntar a Annie se ela iria subir, ele jogou as duas bolsas pequenas por cima dos ombros, equilibrando a caixa de transporte na outra mão, e caminhou em direção ao elevador. Não em direção ao carro de Annie.

Quando ela não o seguiu de imediato, Sean olhou para trás.

— Annie?

Ela engoliu em seco e correu para se juntar a ele.

— Estou indo.

Embora não fizesse ideia do que Sean estava pensando, ou como se sentia sobre o que ela tinha dito no carro, ele deixava bem claro que seus planos para o restante do dia, e da noite, não haviam mudado. Pelo menos isso eles iriam ter.

Além disso? Bem, Annie não conseguia pensar a respeito naquele momento. Quase tonta de alívio, ela o seguiu até o elevador e o observou apertar o botão para o saguão. Infelizmente, parecia que o elevador não ia direto para os andares, de modo que teriam que levar Wally para um passeio.

— Eles vão permitir que o levemos para cima?

Sean deu de ombros, despreocupado.

— Se alguém tiver a coragem de tentar nos parar, vou ter que pagar um valor extra. — Ele ergueu a caixa, olhando para Wally.

— Isso significa que você deve se comportar.

A ideia de que o gato seria recusado simplesmente não parecia ocorrer a ele. A autoconfiança de Sean, sua segurança sobre si e suas atitudes transbordavam. Era uma parte de sua personalidade que não permitia nenhuma reação negativa em nada do que fazia.

Que fantástico ser tão confiante. Se Annie tivesse tal habilidade, na certa não teria precisado ir a um leilão de solteiros para encontrar um acompanhante.

De jeito nenhum. Ela não teria desistido de ir ao leilão por nada nesse mundo.

— Viu? Ninguém nem sequer notou a presença dele — disse Sean.

Eles circularam com total inocência pelo saguão enorme e depois por um curto corredor que levava a um banco de elevadores para subir aos quartos.

— Graças a Deus não há um cão por aqui, ou eles teriam ouvido Wally gritando do quadragésimo andar.

— Que nada, ele é um grande gatinho, não é, rapaz?

Annie sorriu com os ronronares de Wally. Sean conseguia encantar feras de quatro patas tão facilmente quanto encantava as de duas pernas.

Foi quando a porta do elevador se abriu com um assobio silencioso. Havia duas mulheres lá dentro, bem-vestidas, carregando bolsas de grife, com diamantes em torno dos pescoços e dedos, proclamando a riqueza de ambas.

Annie mal prestou atenção a elas, pelo menos até sentir Sean congelar ao seu lado.

Ele não se mexeu. Não entrou, não saiu do caminho. Em vez disso, ficou olhando quando uma delas, uma morena muito atraente na faixa dos quarenta e poucos anos, o viu e deu um passo para tão perto que seus corpos quase se tocaram.

— Sean... — disse a mulher, parecendo embevecida. O sorriso lhe tirou dez anos do rosto.

Ah, maravilha... Uma ex-namorada. Como se precisassem de algo para reaver a tensão que, por fim, parecia se dissipar após a longa viagem de carro.

Uma ruga se formou na testa de Sean, que se forçou a sorrir.

— Constance.

— Eu não fazia ideia de que estava no país — disse a mulher, efusivamente. Então olhou para baixo, viu a caixa e o gato, e se espantou. —Você deve estar trabalhando para a verdadeira mulher-gato agora, em vez de estar só cuidando de uma gatona como eu.

Annie, que obviamente tinha se tornado invisível, ou apenas era desinteressante o suficiente para se misturar ao cenário, pigarreou.

— Sean, você quer que eu o leve para cima para que possa conversar com sua... amiga?

Ele encontrou o olhar de Annie, e foi aí que ela percebeu que Sean não tinha se transformado em gelo. Não, havia calor nos olhos dele.

Calor causticante. E não do tipo que ele demonstrava quando olhava para Annie com desejo genuíno.

As emoções estavam agitadas dentro dele como uma enorme tempestade. Emoções muito estranhas, algumas das quais ela nunca associaria àquele homem, que escorriam quase visivelmente de todos os poros. Ela viu raiva ali. Constrangimento. Tristeza.

Ai, Deus. Aquela mulher não era apenas uma ex-namorada, Annie percebeu de repente. Ele devia tê-la amado. Embora os comentários dela sobre Sean ter trabalhado para alguém tivessem sido um pouco confusos. Será que ele havia se envolvido com sua chefe? Será que foi isso que o fez se enfiar em uma carreira nômade, sem endereço fixo, sem estabilidade?

Annie estendeu a mão para pegar a caixa.

— Eu fico com ele — insistiu Sean, as palavras roucas, a garganta evidentemente apertada.

— Sean? — Enfim notando a presença de Annie, Constance a avaliou com atenção. Os olhos cor de âmbar notaram o cabelo despenteado, a blusa comprada em loja de departamentos, a calça jeans cápri e a sandália confortável.

Elas não tinham absolutamente nada em comum, nem uma única coisinha que pudesse relacioná-las entre si. Exceto o homem de pé entre as duas.

— Ah... — murmurou Constance piscando rápido. O rosto se encheu de cor, e ela pigarreou antes de voltar a atenção a Sean. — Desculpe. Você... Quero dizer...

— Está tudo bem — proferiu ele. — Foi bom ver você.

A mulher assentiu para Sean, então olhou para Annie.

— Você está com um cara e tanto. — O sorrisinho de Constance pareceu quase genuíno. Então, agarrando pelo braço sua amiga de olhos arregalados e puxando-a para longe, saiu depressa pelo corredor e desapareceu no saguão imenso.

Sean e Annie ficaram em silêncio diante da porta do elevador, que tinha se fechado novamente. Sean não fez nenhum movimento em direção ao botão para chamá-lo, e Annie quase conseguia enxergar a mente dele trabalhando. Como se Sean tivesse que decidir: continuar indo para o quarto e fingir que a interrupção não tinha acontecido ou lidar com aquilo?

Quase com medo de descobrir o que Sean lhe diria, Annie não sabia o que desejava mais naquela hora. Ela ainda não tinha certeza do que tinha decidido quando ele enfim estendeu a mão e apertou o botão para subir. Porque Sean não colocou o braço ao redor dela e a puxou para si, ou a beijou de leve para tranquilizá-la de que a sua tarde seria exatamente como esperavam que fosse.

Sean também não pronunciou uma única palavra por todo o trajeto até seu andar, ou mesmo a caminho do quarto.

Uma vez lá dentro, ele largou as malas e colocou a caixa de transporte no chão, abrindo-a e deixando Wally sair. Daí, voltou a atenção para Annie. E com quatro palavras simples, deu a ela uma pista sobre o que planejava fazer.

— É melhor você se sentar.

Dada a escolha entre ir para casa e dar de cara com uma das festas de noivado surpresa de seu pai e contar a verdade sobre seu passado a Annie, Sean teria reservado de bom grado uma viagem a Dublin naquele exato momento. Porque, sabendo do desânimo, do desgosto que ia ver nos olhos dela, prosseguir seria uma das coisas mais difíceis que ele já teria feito na vida.

Mas decidiu fazer.

— Aquela mulher... você está pensando que ela foi uma namorada.

Annie, que tinha aceitado o conselho e sentado no sofá macio que ocupava a sala externa da suíte de dois quartos, balançou a cabeça.

— Sim. — E acrescentou: — Olhe, só porque eu lhe contei sobre meu passado sórdido não quer dizer que temos de sair compartilhando histórias românticas.

— Não há nada romântico nisso.

Ela esperou.

— Na verdade, minha relação com Constance, que durou cerca de uma semana, há alguns anos, em Munique, foi totalmente profissional.

— Será que ela sabe disso?

Apesar de estarem apenas no meio de tarde, Sean não conseguiu evitar abrir o frigobar. Precisava de uma bebida. E queria que Annie também bebesse alguma coisa... porque ele tinha a sensação de que ela em breve precisaria também.

Annie, porém, recusou com um breve aceno de cabeça, aguardando-o abrir uma garrafinha e servir-se de uma dose de uísque. Não uísque particularmente bom, uma vez que não era irlandês, mas serviria.

Ele enfim respondeu à pergunta:

— Sim, ela sabia. Apesar das aparências, Constance é uma mulher muito simpática.

Annie assentiu, sem duvidar, pois havia notado o arrependimento genuíno no rosto de Constance por sua gafe. A ex-companheira dele não era estúpida... Ela tinha dado uma olhada em Annie e compreendido que havia entrado bem no meio de um relacionamento muito pessoal. Porque qualquer um podia ver que a bela jovem loura sentada na frente dele nunca iria precisar contratar alguém para lhe dar o que precisava.

— Constance é proprietária de uma galeria de arte, e tinha acabado de passar por um divórcio horroroso. Ela estava em Munique, em alguns leilões, queria alguém para ficar de olho nela e em suas compras... e me contratou para ser esse alguém.

Annie pensou no assunto por um instante, inclinando a cabeça, obviamente confusa.

— Você quer dizer que era... o guarda-costas dela?

— Sim, de fato. Foi isso o que ela pediu que eu fosse, pelo menos no início.

— Estou confusa. Pensei que você fosse um empresário.

Ele tomou um gole da bebida, depois riu sem humor.

— Trabalho com pessoas, Annie. Bebendo vinho e jantando, disputando e fechando acordos, sobretudo para grandes corporações nos dias de hoje. Mas naquela época, meus clientes costumavam querer algo além de um bom tradutor ou negociador.

— Como o quê?

Ela ainda não entendia. Não enxergava a verdade exposta bem na sua frente.

Então Sean tratou de ser bem claro:

— Como um amante.

Ela engasgou.

— Embora o amor não tivesse nada a ver com isso. Atração, sim. E dinheiro. Mas amor, não.

Ele viu o momento exato em que a compreensão a invadiu. A linda boca rosada estremeceu, então se abriu em um arfar quase inaudível. Os olhos azuis ficaram imensos no rosto, e suas bochechas coradas empalideceram.

Ah, sim, agora ela compreendia.

Sean não fez nenhum esforço para explicar, para se esquivar da verdade. Ou até mesmo para deixar claro que os seus negócios agora eram muito mais normais e impessoais do que tinham sido. Nem tampouco para usar a justificativa de que ele nunca havia tido relações sexuais com uma mulher por quem não se sentisse atraído, independentemente do valor oferecido.

Porque nada disso importava. A verdade era que ele tinha feito exatamente o que Annie achava que ele tinha feito.

— Você era um garoto de programa!

Sean se encolheu, mas não se desviou da pedrada verbal.

— Sim. — Sorrindo com tristeza, ele esclareceu: — Ainda que eu preferisse ser chamado de acompanhante, na época.

Annie levantou-se, caminhou com as pernas trêmulas até o frigobar e serviu-se da mesma garrafa que havia recusado. Torceu a tampa, levou o frasco aos lábios e bebeu direto dele, ignorando os copos limpos disponíveis.

Quando terminou, piscou algumas vezes, pigarreou, e encontrou o olhar de Sean:

— Portanto, o leilão na semana passada... não era uma coisa tão incomum para você.

Fingindo uma indiferença que não sentia, Sean inclinou-se, um quadril apoiado na mesa do quarto de hotel, e cruzou os braços.

— Na verdade, foi bastante incomum. Nenhuma mulher jamais pagou cinco mil por uma noite comigo.

Ela franziu a testa e, em seguida, compreendendo, murmurou:

— Não, imagino que elas pagassem muito mais.

O tipo de mulheres com quem ele lidava? Ah, sim. Definitivamente pagavam.

Como se não conseguisse suportar olhar para ele, Annie agachou-se, estendendo a mão para seu gato. Embora costumasse ser distante, Wally pareceu sentir a necessidade dela, pois se mostrou disponível imediatamente, enroscando-se em Annie, permitindo-se ser acariciado pela mão da dona.

Pela mão linda, vulnerável e trêmula.

Sean virou-se, incapaz de assistir. Queria abaixar-se e colocar Annie de pé, beijá-la para dissipar seu choque, contar a história completa, seus motivos para ter feito aquilo, o que o tinha levado àquilo... tudo.

Algo o deteve, porém. Talvez o jeito como Annie havia repetido as palavras da mãe no carro. Quase sussurrando, parecendo atordoada... e talvez um pouco desejosa.

Sean não poderia transformar tais desejos em realidade. Não agora que ela sabia de fato quem ele era... quem ele tinha sido.

— Eu não esperava ter que contar nada disso, Annie. Jamais sonhei que haveria motivo para contar.

Ela olhou para cima, com os olhos brilhantes de lágrimas não derramadas.

— E agora há um motivo?

— Sim. Há. — Aquele ditado "a verdade dói" sempre o tinha incomodado, mas de repente Sean soube que era assim que tudo tinha que terminar. Não queria que ela ficasse chorando por sua causa, que derramasse uma lágrima sequer. Ele não valia nada disso. — Eu vi nos seus olhos quando você me contou o que sua mãe tinha dito.

Ela abaixou as pálpebras em pura autodefesa.

— Não misture sexo com emoção, Annie. É óbvio que você está um pouco confusa, e, considerando o que aquele idiota do Blake lhe fez, isso é muito compreensível, mas não está apaixonada por mim.

Ele não continuou. Não disse a frase seguinte, que seria natural ali: e eu não estou apaixonado por você.

Porque Sean era muitas coisas, mas não um total mentiroso. Ele acreditava que, se dissesse aquilo, estaria mentindo não só para Annie, mas também para si. Embora nunca tivesse entendido direito a emoção, sabia que o que sentia por Annie era diferente de tudo o que já tinha sentido. Sean queria ficar com ela, realizar os sonhos dela, queria todas as coisas da qual havia fugido por tanto tempo.

Mas, quando ela surgiu, era boa demais para ele.

Foi melhor assim. Sean terminaria tudo naquele momento, ambos manteriam suas reputações. Eles haviam levado o relacionamento de volta a um nível com o qual ambos eram capazes de lidar... uma aventura selvagem e maravilhosa, que não tão cedo seria esquecida, mas nada que servisse de inspiração para canções e votos de amor.

Ele sairia da vida dela, e Annie encontraria alguém muito mais adequado do que Sean Murphy poderia ser.

Ela enfim se levantou, a garganta visivelmente trabalhando enquanto Annie engolia qualquer emoção que tivesse vindo à tona. Com um tom duro, disse:

— Eu consigo separar o sexo do amor.

Funcionou. Ele a tinha ferido, desafiado, e ela havia reagido conforme o esperado. Por isso Sean não fazia ideia de por que se sentia como se tivesse engolido um punhado de vidro.

— Mas há algo que você deveria saber.

Vendo uma súbita tensão na espinha de Annie, ele aguardou, perguntando-se se não havia se parabenizado — e ao mesmo tempo se lamentado — um pouco cedo demais.

— Apesar do que você acha que sabe sobre mim, não fico chocada tão fácil, Sean. E o que você me contou... bem, não gostei, mas não posso odiá-lo por coisas que fez muito antes de me conhecer.

— Você não entende? Tudo isso diz muito sobre quem sou.

— Sobre quem você era.

— Semântica.

Annie aproximou-se, roçando as pontas dos dedos nos lábios dele.

— Não, não é. Não sei com quantas mulheres você já dormiu, mas se acha que vou considerar nojento imaginar o número... está enganado. Todos os homens que já conheci em Chicago ofereceram isso de graça para todas as mulheres que lhes deram oportunidade.

— De graça — insistiu ele, forçando as palavras através da mandíbula cerrada.

Annie tomou o rosto de Sean nas mãos, segurando-o, para obrigá-lo a encará-la.

— Eu não me importo, Sean. — *Droga*. — Eu não ligo para seu passado, e não acredito que você ache mesmo que as escolhas que fez quando era praticamente uma criança tenham alguma influência real sobre quem é agora.

Nesse ponto ela estava errada. Pelo menos naquele momento. Uma semana antes, Sean teria concordado com Annie. Agora, no entanto, sentindo o horror da situação, vendo a forma como a mão de Annie havia tremido depois de ele revelar a verdade... ah, sim, definitivamente tinha relevância.

— Eu sei o que você está tentando fazer, e não vai funcionar.

— O que não vai funcionar, Annie?

— Você não vai me convencer de que é desprovido de emoção, um depravado que só está nessa pelo dinheiro e pela autosatisfação.

Frustrado, Sean passou a mão pelo cabelo, detectando a sensibilidade no tom dela. Aquilo não estava acontecendo do jeito que deveria. Annie deveria estar indo embora àquela altura.

— Não sei o que você sente por mim, mas não se atreva a me dizer que não conheço meus sentimentos em relação a você. — A voz dela tremia de emoção. — Não estou dizendo que iremos viver felizes para sempre, ou que você ao menos iria querer isso, mas eu com certeza quero tentar. Porque estou apaixonada por você, acredite ou não. E nada que me diga sobre seu passado, seu presente e seu futuro vai mudar isso.

Sean olhou para ela, viu os sentimentos que Annie não conseguia esconder, ouviu a intensidade e a certeza na entonação dela. E sabia que Annie falava sério. Ele estava atrasado. Ela havia se apaixonado por ele.

Jesus Cristo. Aquela mulher meiga, adorável e sincera tinha se apaixonado por ele. Sendo que ele não merecia isso. Tinha estragado a vida dela, quase tanto quanto a sua.

— Deixe-me amar você — sussurrou Annie, levantando-se na ponta dos pés para tentar beijá-lo. — Permita-se me amar.

Sean deu um passo para trás, sacudindo a cabeça.

Ela prosseguiu:

— Deixe acontecer.

Sean permanecia rígido como uma estátua. Talvez, se ele não se importasse com ela, se suas emoções não estivessem tão comprometidas como acreditava que estavam, poderia ter sido fraco. Poderia deixar que ela o convecesse de que o passado podia ser esquecido e que ele não era tão asqueroso.

Mas Sean se importava. Importava-se demais para fazê-la descer ao seu nível.

— Não, Annie. Sinto muito. Não posso permitir isso.

Ela ficou em silêncio por um momento pesado, longo, estudando Sean, avaliando a verdade nas palavras dele. Reconhecendo sua resolução.

Então, depois do que pareceu uma eternidade, ela se afastou e assentiu uma vez.

— Eu compreendo.

Até que enfim.

Annie abaixou-se e pegou seu gato, enfiando-o na caixa de transporte. Depois, pegou sua bolsa de viagem.

— Deixe que eu...

Ela ergueu a mão, impedindo-o.

— Estou bem. — Dando meia-volta, Annie caminhou até a porta e colocou a mão na maçaneta.

Mas, antes de girá-la, tornou a falar, as palavras não muito mais que um sussurro sincero:

— Estarei esperando.

E então foi embora.

Capítulo 11

A primeira carta chegou duas semanas depois.

Annie estava sentada à sua mesa uma hora depois do encerramento das atividades da Baby Daze. Todos já haviam saído, e ela conferia contas, montando o cronograma da semana seguinte. O de sempre.

A vida havia voltado ao normal, atribulada e satisfatória.

Não se sentia feliz. Ainda não. Talvez voltasse a se sentir, mas superar Sean não estava se provando ser a coisa mais fácil que Annie já havia feito. Estava mais para a coisa mais difícil.

Mas daí ela viu o envelope branco escrito com letra cursiva grande e pontuda endereçado a ela. O selo era de Paris.

E começou a ter esperança novamente.

— Sean... — sussurrou, tocando com a ponta do dedo o próprio nome rabiscado.

Não tivera notícias de Sean desde aquele dia no quarto de hotel, quando ele fez a tentativa derradeira de afastá-la. Ela havia usado de toda sua força para deixá-lo fazer isso, em vez de continuar lutando. Mas, no fim, Annie sabia que precisava fazê-lo.

Somente deixando-o ir, permitindo que ele se entendesse com a própria vida, ela seria capaz de manter a esperança de um dia tê-lo de volta.

Annie abriu o envelope e pegou a única folha de papel que havia dentro. Desdobrando-a, leu as primeiras palavras em voz alta, a própria voz era o único som no prédio silencioso.

> "Querida Annie,
>
> Estou olhando pela janela do meu quarto, vendo através da névoa noturna o contorno familiar da Torre Eiffel. Como sempre, o coração para por um momento, as luzes clareando a escuridão, como um símbolo de romance e amor.
>
> Está uma noite quente, cheia de vapor e inundada pelos aromas da cidade. Turistas e perfumarias. Escapamentos de carros, bons vinhos e pão recém-assado. E a vida. Tanta vida.
>
> Acho que você deveria ver isso."

Ela suspirou suavemente, fechando os olhos por um instante a fim de vislumbrar cada detalhe. Então voltou a abrir o papel, e leu o restante da carta.

Ao fazê-lo, Annie viu-se descobrindo a Cidade Luz através das palavras vívidas de um homem que era intimamente ligado ao lugar. Ela percebeu ainda mais. Com uma certeza crescente, Annie começava a compreender o que Sean de fato tentava dizer.

Ele estava admitindo as possibilidades. Mantendo a chance de um futuro entre os dois.

Embora não muito claras, as palavras permitiam que ela soubesse que ele estava ali, ponderando... ainda tentando encontrar um jeito de unir seu passado e seu futuro, e de alguma forma incluí-la nisso.

E Sean fazia isso dando a ela o presente que, ele sabia, Annie mais desejava: um vislumbre desse mundo imenso.

As cartas continuaram a chegar nas semanas seguintes. Eram esporádicas... Algumas vezes com intervalo de vários dias entre uma e outra; de repente, duas ou três seguidas. Os selos variavam. Obviamente ele estava trabalhando... viajando por aí, sendo o cidadão do mundo que Annie sabia que era. E mesmo assim, Sean ainda mantinha aquela conexão.

Suas palavras eram como pinturas. Sean a divertia com suas descrições sobre as condições de trânsito na Malásia. Emocionava-a ao dividir sua impressão do Taj Mahal, o maior monumento do mundo ao amor eterno.

Então um dia Sean escreveu de Londres, descrevendo mais uma vista da janela de seu quarto. Sem que ele dissesse, ela soube que seus negócios estavam concluídos por um tempo. Sean voltaria para algum daqueles lugares frios e solitários que chamava de lar.

Ironicamente, a casa dela, que parecia tão vazia desde que ele saíra, tinha começado a ficar calorosa de novo. Viva. Ao menos por causa da maneira como Annie continuava lendo e relendo as cartas, sabendo que cada uma significava que ela ainda estava na mente dele e, se Deus quisesse, no coração também. E valia a pena esperar por elas, conforme tinha prometido a Sean que faria.

Enfim, a espera acabou. Porque, cerca de seis semanas após aquela tarde terrível no hotel, ela abriu um envelope, mas não encontrou nenhuma carta. Apenas uma passagem de avião. E um bilhete:

"Por favor, venha ver esta paisagem com seus próprios olhos."

Annie nem sequer verificou o destino. Ela estava indo.

Havia vários oceanos do mundo, e Annie não tinha visto nenhum deles.

Um dia Sean gostaria de lhe mostrar o Pacífico... levá-la a São Francisco para que a mãe dele pudesse conhecer a mulher sem a qual tinha percebido que não podia viver. E depois dirigir pela Pacific Coast Highway, parando em pequenas vinícolas e pousadas. Eles andariam com a capota abaixada, do mesmo jeito que fizeram naquele fim de semana de junho, com a efervescência das ondas sempre visíveis a cada curva.

Ele também queria que Annie visse o outro lado daquele oceano. Sean nunca tinha ido para o Pacífico Sul, e imaginava que não haveria nada melhor do que se deitar com Annie na areia de uma praia quente em uma ilha exótica, tentando concluir se a água poderia ser tão azul quanto os olhos dela.

Por ora, no entanto, sem saber se Annie tinha um passaporte, Sean tinha optado pelo Atlântico.

A escolha dele não havia se dado apenas pela conveniência, uma vez que era o oceano mais próximo de Chicago, mas também porque era o oceano que tocava sua terra natal. Agora que ele esperava compartilhar sua vida com Annie, queria compartilhar tudo, incluindo a parte conturbada de seu passado que ainda não tinha sido resolvida.

Sean percebeu que, com Annie ao seu lado, poderia fazer as pazes com o passado.

— Se ela vier — lembrou ele a si mesmo ao olhar para a água, em que brilhavam agora córregos vívidos em laranja e vermelho... reflexos do sol se pondo no horizonte atrás dele... dançando na arrebentação.

Ela virá.

Sean nunca havia passado muito tempo em Cabo Cod, mas tinha escolhido esse lugar porque o fazia se lembrar pelo menos um pouco de casa. O litoral não era tão irregular ou rochoso, a água e o clima eram muito mais quentes, mas algo sobre o verde-acinzentado do mar e a tonalidade quase arroxeada do céu escuro o fazia pensar na Irlanda.

Algum dia Sean voltaria para lá. Agora que tinha alguém, queria mostrar seu país a ela.

Percebendo a rapidez com que o céu escurecia, Sean consultou o relógio. Tinha permanecido de pé no topo de um cruzamento da praia durante um bom tempo. O voo de Annie estava programado para pousar em Boston algumas horas antes e o carro agendado para aguardá-la no aeroporto a deveria estar levando naquele momento. Se ela tivesse pegado aquele avião.

Sean não tinha sequer ligado o telefone celular, pois não queria receber um telefonema do motorista dizendo que ela não havia chegado. Ele tinha preferido esperar, encarar a situação, confiando em sua certeza de que Annie iria aparecer, de que ela desejava aquilo tanto quanto ele.

Que ela havia compreendido as cartas.

Perdido no estouro ritmado das ondas na arrebentação e na brancura da praia quase deserta, Sean começou a pensar nas palavras que usaria para descrever o exato momento do crepúsculo. No caso de Annie não ir vê-lo pessoalmente. No caso de Annie não estar pronta, e ele ser obrigado a continuar esperando... continuar escrevendo.

No caso de ele estar errado.

Deus, como tinha esperanças de não estar errado! Concentradíssimo no que deveria fazer para tê-la de volta, Sean foi pego completamente de surpresa quando uma voz soou atrás dele:

— É mais bonito do que eu poderia imaginar.

Sean fechou os olhos quando as palavras suaves de Annie o inundaram, mais bem-vindas, deliciosas e encantadoras que a brisa salgada que espumava pela costa.

— Sim, é — respondeu ele, tão aliviado que não conseguia nem se virar.

Sean permaneceu imóvel e em silêncio. Havia tantas coisas a dizer, e ele tinha pensado muitas vezes na maneira como as diria.

Precisava contar a Annie aonde tinha ido, o que havia aprendido sobre si, sobre seu passado, seu futuro. Queria dizer a ela o quanto agradecia por sua confiança nele, expressar o quanto estava contente por ela ter ido. Desejava dar explicações para que Annie entendesse por que ele tinha feito o que tinha feito.

E, no entanto, agora, com o corpo quente de Annie se aproximando, os braços macios envolvendo-lhe a cintura por trás, o rosto dela se apoiando em suas costas, Sean se perguntava se algumas daquelas coisas precisavam mesmo ser ditas.

Sean moveu as mãos para cobrir as dela, e então ficaram daquele jeito, de pé, imóveis no cruzamento, durante um longo tempo. Até que o sol se pôs, a lua surgiu e o único som presente era da agitação incessante das ondas lambendo a praia.

E no silêncio mútuo, tudo foi comunicado, embora todas as palavras tivessem se esvaído sem serem ditas.

Todas, com exceção de três.

Virando-se devagar, Sean olhou para o rosto bonito de Annie, tocando uma mecha de seu cabelo beijado pela lua. E sorriu. Inclinando-se para ela, hesitou por um breve instante antes de levar os lábios aos dela.

Tempo suficiente para sussurrar aquelas três palavras:

— Eu te amo.

Epílogo

Cinco meses depois

— Annie, Sean, apressem-se, vocês vão se atrasar para a própria festa de noivado!

Annie, que tinha acabado de pousar nos braços do noivo, enlaçando o pescoço dele para atraí-lo para um beijo, suspirou ao som da voz da mãe. Ela supunha que deveria ser grata por ter conseguido meia hora inteira sozinha em seu antigo quarto no terceiro andar antes de o decoro exigir que alguém de sua família interrompesse.

— Não tenho como fugir, não é? — perguntou Annie. Sean sorriu, beijou-a na ponta do nariz e murmurou:

— Não, querida, não há escapatória. Você é minha, agora.

Gostando do jeito como Sean deturpava suas palavras de propósito, Annie fechou os olhos, saboreando o toque dele.

Sean beijou-a na bochecha, em seguida no queixo. Cada pincelada dos lábios na pele provocava um leve suspiro na garganta dela.

Annie sabia desde o início que Sean era capaz de uma grande paixão. Mas, ah, a ternura dele simplesmente a deixava sem fôlego, e a enchia com tanta leveza que ela poderia jurar ser capaz de flutuar...

Eles tinham feito amor centenas de vezes desde a noite em que se conheceram, e ele ainda era capaz de excitá-la com um olhar. Mas momentos como esse realmente tocavam a alma de Annie.

— Agora, está pronta para ser brindada e celebrada por todos os moradores de Green Spring, Illinois? — E Sean pressionou os lábios nos dela para um beijo doce que eliminou toda a preocupação.

Quando terminou, no entanto, e a soltou, a realidade voltou depressa.

— Não podemos apenas ignorar esta noite e pular direto para amanhã? A véspera de Natal é sempre muito divertida por aqui.

Ele resmungou:

— Diga-me que não vai ter futebol americano. Eu sei que Jed está à procura de vingança para o olho roxo do verão passado.

— Na neve? Não seja bobo! — Ela arqueou uma sobrancelha, provocando-o. — Mas, é claro, tem o Mergulho do Urso Polar.

— Tenho até medo de perguntar.

Embora o evento anual só fosse ser realizado em fevereiro, Annie deixou que Sean se preocupasse mais um pouquinho. Ele era o rei da provocação. Nos meses em que estavam morando juntos em um triplex lindo que ele havia comprado em Chicago, com um escritório em casa que Sean usava para sua próspera consultoria em comércio exterior, ele se provou um mestre em conseguir toda a reação que queria extrair de Annie. Na cama e fora dela.

Mas especialmente nela.

— Todos os homens ficam... encharcados... em muita cerveja — disse ela, depois de ter absorvido um pouco do linguajar de Sean durante aquele tempo juntos. — E depois tiram as roupas e pulam em um lago gelado.

Ele estremeceu visivelmente.

— Eu passo.

— Fracote!

Sean puxou-a para si, agarrando seus quadris, segurando-a contra a extensão de seu corpo.

— Não, *céadsearc* — murmurou ele —, só pensando em você e em sua família.

— Claro — disse ela suavemente, sem se dar o trabalho de atormentá-lo mais, não quando os lábios dele roçavam a ponta de sua orelha e o queixo barbeado tocava seu rosto.

— Eu não gostaria que seu pai e seus irmãos me vissem assim.

Espantando a letargia atordoada que a invadia, Annie se afastou e olhou para Sean. Sorrindo, ela perguntou:

— Assim como? Nu? Por que, você tem medo do encolhimento? — Não que ele tivesse alguma razão para ter. Hum-hum. De jeito nenhum.

Annie já deveria saber, já deveria ter sido advertida pelo olhar diabólico de Sean. Porque ele sacudiu a cabeça lentamente, tentando parecer pesaroso e sério, embora Annie notasse o riso disfarçado nos cantos da boca.

— Ah, não... Tenho medo de que eles vejam o quanto tenho e fiquem tão preocupados com seu bem-estar físico que tentem impedi-la de se casar comigo.

Demorou um segundo para Annie captar a piada, e, quando conseguiu, jogou a cabeça para trás e gargalhou. E quando ela o chamou de bobão, Sean a puxou de novo e a beijou.

— Vamos lá, vocês dois! — tornou a chamar a mãe de Annie.

Com o humor muito mais leve, Annie permitiu que Sean a guiasse para fora de seu antigo quarto. Como ele conseguiu fazê-lo — excitá-la e dominá-la com ternura, e então provocá-la para fazê-la rir —, ela nem imaginava. Só esperava que ele nunca mais parasse.

Nunca.

Durante os meses que se seguiram desde aquele dia junto ao mar, quando ele finalmente permitiu que Annie o amasse, Sean tinha feito tudo que estava ao seu alcance para mostrar que também a amava. Mesmo sendo de mundos muito diferentes, eles conseguiram criar um mundo novo que funcionava para ambos.

Annie havia promovido a gerente-assistente para lidar com o dia a dia na Baby Daze. E Sean tinha desistido de suas casas em Londres e Manhattan, transformando Chicago em seu "lar" oficial.

Bem, ele tinha dito a Annie que onde quer que ela estivesse seria sua casa oficial. O que era ótimo para ela.

O apartamento em Paris foi mantido. Annie havia se apaixonado completamente pela cidade, onde planejavam que fosse o ponto de partida da lua de mel de volta ao mundo.

— A cidade inteira vai estar aqui?

— Claro — disse Annie a Sean quando desceram para o primeiro andar.

A festa estava marcada para começar às sete da noite, mas às seis e meia, os vizinhos já começavam a chegar. Todos cumprimentaram Annie com beijos e abraços efusivos, e Sean, com apertos de mão e mais abraços. Tias e tios vinham carregados de presentes de noivado e de Natal, vizinhos com comida e bebida para manter todos animados e com energia.

E, apesar de seu desejo de sair de férias pela primeira vez com o homem que amava e de não ter feito um grande estardalhaço em relação ao noivado, Annie flagrou-se divertindo-se muito.

Porque ela tinha aprendido a apreciar aquele mundo também.

O lugar de onde tinha se sentido tão desesperada para escapar era, Annie reconhecia agora, parte dela. Reconhecer que jamais quis viver sua vida nele não queria dizer que não fosse capaz de apreciar os momentos que tinha passado ali. O que poderia ser melhor que estar cercada por pessoas que amava, que fariam qualquer coisa para vê-la feliz... até mesmo deixá-la ir?

Talvez por isso Annie tinha ficado ciente do que fazer quando chegou o momento da verdade com Sean. Deixe-o ir. Porque sua família havia lhe mostrado que era isso o que se tinha que fazer quando realmente se amava alguém.

É também o que Sean havia tentado fazer por ela. Sean queria deixá-la ir, fazê-la ir, para que ela pudesse fugir do que ele acreditava ser seu passado sórdido.

Como se ela pudesse amá-lo menos por ter sido alguém diferente muito tempo atrás, quando agora era o homem que enchia seu coração de alegria.

— Eu te amo — sussurrou Annie de canto de boca enquanto posavam para outra foto.

Ela tentava manter seu sorriso constante... estavam aguardando o flash da câmera da tia-avó Trudy recarregar. Um fato constante naquela noite.

Sean, por sua vez, não fez tal esforço, virando-se para encarar Annie, sem dar a mínima para a câmera.

— Eu também te amo, Annie.

Foi quando o flash disparou.

Ela teria que pedir uma cópia da foto, imaginando se o amor que via brilhar de cada centímetro do rosto de Sean, e que refletia do rosto dela, poderia ser capturado em filme.

Ao longo da festa, Sean permaneceu por perto, como se não quisesse deixá-la. Mesmo quando ele era arrastado por um dos irmãos ou tios dela para uma conversa, Annie sempre sentia a presença dele.

No meio da confusão, ela sentia o roçar da mão dele em sua nuca, ou via aquele sorriso a vários metros de distância. E eles trocavam palavras, promessas, segredos silenciosamente. Quase como os votos que estariam dizendo em voz alta logo após o Dia dos Namorados.

Foi quando trocavam um daqueles olhares quentes e famintos, e que provavelmente poderia ser lido por todos ao redor, que Annie notou os olhos de Sean se arregalando em surpresa absoluta.

A boca formou um sorriso satisfeito. Ele se afastou de Jed bem no meio de uma frase e atravessou a sala em direção ao saguão, onde a mãe de Annie havia acabado de receber mais um convidado.

Quando Annie viu o cabelo negro e o rosto doce e sorridente, soube quem era a convidada atrasada.

— Moira — murmurou Annie, observando seu noivo pegar a irmã e erguê-la em um abraço de urso.

Annie estava tão feliz por Sean, pelo fato de a irmã dele ter feito a viagem, que sentia vontade de chorar. Honestamente, não esperava que ela fosse, ainda mais tão perto do Natal, mas de jeito nenhum teria deixado o nome de Moira fora da lista de convidados. Tinha conhecido a jovem durante uma viagem a Londres, ao lado de Sean, no último outono, e havia compreendido por que ele a adorava.

Moira não era o único nome na lista de convidados sobre o qual Sean não fora avisado. Annie, no entanto, não tinha começado a acreditar em milagres só porque agora estava loucamente apaixonada. Assim, não esperava nada daquele convite. Ela e Sean tinham conversado muitas vezes sobre os problemas dele com o pai, e Annie compreendia e apoiava a necessidade de Sean de lidar com a relação como achasse melhor, quando estivesse pronto.

Mas um pequeno convite e um bilhete pessoal de boas-vindas não lhe pareceram algo fora dos limites. Tinha sido uma mãozinha de trégua estendida através do oceano, uma que Annie nunca imaginava que seria aceita.

Só que, de repente, quando viu o rosto de Sean empalidecer quando um casal mais velho entrou atrás de Moira, ela percebeu que pelo jeito tinha sido aceita, sim.

— Ai, meu Deus... — sussurrou Annie, observando de vários metros de distância Sean olhar em choque para o casal muito bem-vestido.

A aparência do homem era imediatamente reconhecível. Embora seu cabelo fosse mais grisalho do que preto, e o perfil, aquilino, ele tinha o mesmo queixo proeminente, o nariz protuberante, e olhos profundamente definidos como os do filho. Aquele tinha que ser Sean Murphy pai.

Perdoe-me. Parte dela estava apavorada com o que havia feito: colocado Sean diante do pai, sem nenhum aviso, pela primeira vez em mais de sete anos. Outra parte dela se sentia muito feliz pelo fato de o homem mais velho ter sido flexível o suficiente para ir, aceitar a oferta de paz que lhe havia sido oferecida e retribuir com o primeiro passo para consertar as rachaduras do relacionamento.

Pelo menos, ela esperava ser esse o motivo para ele estar ali. Pelo que Sean tinha contado sobre o pai, ele poderia estar ali para arrastá-lo para longe da maria-ninguém-fazendeira-americana a quem Sean tinha sido estúpido o suficiente para pedir em casamento.

Talvez Sean não fosse o único exposto a uma possível noite incrivelmente desconfortável.

Os dois homens ficaram cara a cara por um momento. Moira e a mulher mais velha, decerto a madrasta de Sean, deram um passo atrás para deixá-los conversar.

Despertando da própria preocupação, Annie lembrou-e de sua boa educação e correu em direção a elas. Alcançando Moira, ela a cumprimentou com um abraço entusiasmado.

— Você consegue acreditar que ele está aqui? — sussurrou Moira enquanto prolongava o abraço.

— Não, honestamente, não consigo. — Então Annie soltou-a, virou-se para a mãe de Moira e apertou sua mão.

A mulher era muito atraente, um pouco parecida com Moira, mas não tinha o calor da filha. Ainda assim, foi educada, e um sorriso genuíno pareceu iluminar sua expressão ao observar os homens Murphy ainda conversando calmamente a poucos metros de distância.

Como se tivesse sentido a tensão, a mãe de Annie se juntou a elas, colocando a mão no ombro da filha. Ela não estava por dentro de todos os detalhes, mas sabia o suficiente sobre a história de

Sean para perceber que era um momento importante. As quatro mulheres assistiam enquanto todos na festa continuavam com a comemoração, ignorando a tensão.

Por fim, depois do que pareceram anos, um sorrisinho suavizou a boca perfeita de Sean. Ele não tinha sequer chegado a formar o sorriso completo quando o homem mais velho lhe estendeu a mão colocou os braços em seus ombros e o puxou para si.

Aquele abraço paternal tinha passado sete anos e meio em formação. Por isso durou muito tempo.

Annie não sabia o que havia sido dito, ou quem tinha dito o quê. Porém, viu que os olhos de Sean estavam úmidos e que o sorriso era genuíno quando o pai enfim o soltou.

Tudo estava bem. Isso era tudo de que ela realmente precisava saber.

— Pai — disse Sean, caminhando para deslizar um braço possessivo ao redor da cintura de Annie —, conheça Annie Davis. Minha futura esposa. — Apoiando a mão no quadril dela e apertando-a de leve, ele acrescentou: — A mulher que me ajudou a descobrir quem e o que de fato sou. E o que posso ser.

O sr. Murphy poderia ter se ressentido dela. Considerando que o que Sean realmente queria era ser um empresário independente em Chicago, trabalhando para ajudar as empresas americanas a concorrerem nos mercados internacionais, o mais velho Murphy poderia ter visto Annie como um inimigo. Porque Sean nunca mais iria voltar à sua velha vida na Irlanda, e ele na certa tinha dito isso ao pai.

No entanto, aqueles olhos azul-violeta, tão parecidos com os de Sean, tão parecidos com aqueles que Annie esperava que seus filhos um dia tivessem, mostravam-se cheios de carinho e gratidão.

— Eu não poderia estar mais feliz em conhecê-la, minha querida. — O futuro sogro de Annie a beijou no rosto e apertou sua mão. — Você é uma adição muito bem-vinda à nossa família.

Annie retribuiu o cumprimento; em seguida, olhou para o homem que amava, quase incapaz de acreditar no modo como sua vida tinha mudado nos últimos meses. A vida de ambos.

Como sempre, Sean sabia no que Annie estava pensando. Ele a puxou para um canto tranquilo da sala, tocando-lhe o queixo e levantando seu rosto.

— Obrigado por ter gastado todo aquele dinheiro para me dar o Natal mais feliz da minha vida, querida.

Confusa, ela inclinou a cabeça.

— Mas eu não dei seu presente ainda.

— Ah, sim, você deu. — Ele abraçou a cintura dela e a puxou para mais perto. — Em junho passado você pagou cinco mil dólares. — Beijou-a com suavidade e doçura, com ternura absoluta. — E me deu um novo motivo para existir.

Com as lágrimas fazendo seus olhos arderem quando ouviu a emoção na voz dele, Annie não podia fazer nada se não retribuir o beijo, e então repetir o que Sean tinha dito, sabendo que ele tinha lhe dado exatamente a mesma coisa.

— Um novo motivo para existir. E uma vida inteira para ser grata por isso.

Publisher
Omar de Souza

Gerente Editorial
Mariana Rolier

Editora
Juliana Nóvoa

Assistente Editorial
Tábata Mendes

Copidesque
Daniele Gullo
Michele Sudoh

Revisão
Bethânia Ribeiro Ferreira
Alessandra Libonatti

Diagramação
Julio Fado

Capa
Miriam Lerner

Este livro foi impresso no Rio de Janeiro, em 2017,
pela Imos, para a HarperCollins Brasil.
A fonte usada no miolo é Bembo, corpo 12.
O papel do miolo é Pólen soft 80g/m^2,
e o da capa é cartão 250g/m^2.